名家忆老师

师爱的
智慧

王　蒙／等著

朱永新／主编

团结出版社

UNITY PRESS

© 团结出版社，2024 年

图书在版编目（CIP）数据

师爱的智慧：名家忆老师 / 王蒙等著；朱永新主
编 . -- 北京：团结出版社，2024. 9. -- ISBN 978-7
-5234-1204-6

Ⅰ . I267

中国国家版本馆 CIP 数据核字第 2024FJ2674 号

策划编辑：李　可
责任编辑：张晓杰
封面插画：岳　琪
封面设计：阳洪燕

出　　版：团结出版社
　　　　　（北京市东城区东皇城根南街 84 号　邮编：100006）
电　　话：（010）65228880　65244790（出版社）
　　　　　（010）65238766　85113874　65133603（发行部）
　　　　　（010）65133603（邮购）
网　　址：http://www.tjpress.com
E-mail：zb65244790@vip.163.com
经　　销：全国新华书店
印　　装：三河市东方印刷有限公司

开　　本：145mm×210mm　　32 开
印　　张：9.25　　　　　　　　字　数：172 千字
版　　次：2024 年 9 月　第 1 版　　印　次：2024 年 9 月　第 1 次印刷

书　　号：978-7-5234-1204-6
定　　价：59.00 元
本书部分文字作品著作权由中国文字著作权协会授权，电话：010-65978917，
传真：010-65978926，E-mail：wenzhuxie@126.com。
　　　（版权所属，盗版必究）

目 录

第四辑　青春之师

爱心产生奇迹（代序）

近 40 年前，国外有所大学的社会学教授，曾叫班上学生到巴尔的摩的贫民窟调查 200 名男孩的成长背景和生活环境，并对他们未来的发展作一评估。结果让这位教授非常遗憾：每个学生的结论都是"他毫无出头的机会"。

若干年后，另一位教授发现了这份研究，他让自己的学生做后续调查，看看昔日的这些男孩今天情况如何。结果却与过去的调查分析大相径庭——除了有 20 名男孩搬离或过世，剩下的 180 名中有 176 名成就非凡，其中担任律师、医生或商人的比比皆是。

这位教授在惊讶之余，决定深入调查此事。他拜访了当年曾受评估的年轻人，跟他们请教同一个问题，"你今日会成功的最大原因是什么？"结果他们都不约而同地回答："因为我遇到了一位好老师。"

这位老师当时仍健在，虽然已经年迈，但还是耳聪目明。教授找到她后，问她到底有何绝招，能让这些在贫民窟长大的孩子个个出人头地。

这位老太太眼中闪着慈祥的光芒，嘴角带着微笑回答道："其实也没什么，我爱这些孩子。"

是的，对教师来说，没有什么比爱心更重要的。我们中国民主促进会的老前辈冰心先生曾经说过："爱是教育的基础，是教师教育的源泉，有爱便有了一切。"

对于一线的年轻教师而言，你可能还没有丰富的知识、扎实的功底、精湛的教艺……但只要你有一往情深的爱心，你就会吃别人不能吃的苦，坐别人不愿坐的"冷板凳"，苦读苦练，日积月累，终成大器。爱，是教育工作的核心与灵魂，也是专业发展的动力与基石。

也许，你的学生中可能没有天才，没有一看就聪明过人的孩子，没有英俊少年，有的是表现平平、看不出多大"出息"的一群少年，甚至是一班"调皮大王"、顽劣不化的"主儿"，是一考就"大红灯笼高高挂"的"差生"……但是，只要你有"化腐朽为神奇"的执着期待，有"没有教不好的学生，只有不会教的老师"的律己精神，有"转化一个'后进生'与培养一个优秀生一样重要，甚至更重要"的理性认识，一句话，有非凡的爱心，你同样可以培养出一批又一批的俊才。我的学生李镇西博士曾经自愿把人见人厌的"差生"要到自己班级，在"转化"和促成方面写下了一篇篇瑰丽的教育诗章；全国十佳师德标兵孙维刚在名不见经传的北京二十二中为清华大学等重点高校输送了许多新生。同样是充盈胸间、激情荡怀的"爱"让他们体会与领略到教育的美丽和幸福。

也许，你的学校没有气势磅礴的教学大楼，没有像样的教育现代化设施，但是，只要你有"跟困难做斗争其乐无穷"的精神，有"黄土高坡也能长出参天大树"的充分信心，有"鸡窝里飞出金凤凰"的不灭梦想，你就会迎难而上，变不利为有利，造就一个个敢于放眼天下、胸怀全球的"国际化的现代中国人"。我曾经到过一些"老少边穷"地区进行教育考察，一方面为他们的贫困落后而揪心，另一方面，也为那些"咬定青山不放松"的"教育人"的可贵精神和他们创造的非凡成绩叹为观止。"匹夫不可夺"的"爱心"让他们也拥有了一份独特的风景和辉煌。

对于教育而言，爱心是空气，是阳光，是土壤，是水源，是食粮，是布匹……你可以把它比喻为人类生存和发展必不可少的一切，而且绝不过分。所以，老一辈教育家夏丏尊说：教育没有情感，没有爱，如同池塘没有水一样。没有水，就不能称其为池塘。没有情感，没有爱，也就没有教育。

需要补充说明的是，我们这里所说的爱，是智慧爱。智慧爱是有底线、讲规矩、守原则的爱。智慧爱的反面是溺爱，只能培养出纯粹自我中心的自私孩子。

智慧爱是平等尊重、充分自由的爱。作为教师，只有意识到学生与自己在人格上的绝对平等，才可能尊重他们，才能给予学生充分的自由。

智慧爱是尊重个性、扬长避短的爱。每个学生都有独一无二的天性和潜能，教育的最高目标就是帮助他们发现自己、成为最好的自己。

对于教师而言，爱是内心勃发的亘古不变的情感，智慧是对客观世界的正确应对方法。以智慧爱面对教育的挑战，就要关注时代需求，教育目标从培养有螺丝钉精神的人，转变为全面提高人的素养，教给孩子一生有用的东西。

对于教师而言，真正的爱是智慧爱。爱和智慧的完美结合，是爱的最高境界。与智慧同行，爱才有深邃隽永的价值。与爱同行，智慧才有生命的温度。只有拥有足够的教育智慧，教师才能有真正的爱。

无数的教育案例证明了教育的一条基本规律：爱心创造奇

迹。让我们一起走进书中的名家，看看他们的老师如何用爱温暖一颗颗年轻的心灵，创造一个个教育的奇迹的吧！

2024 年 3 月 10 日

第一辑

启蒙之师

　　这一辑收录的六篇文章，都是关于幼儿园和小学老师的回忆文章。用"启蒙之师"作为辑名，是考虑到这个阶段对于人的成长具有"开蒙启智"的重要作用。其中汪曾祺先生的《师恩母爱》一文尤为难得。人们在回忆恩师的时候，一般都是写中小学和大学的比较多，汪先生写的却是一位幼儿园老师。人一生最重要的本领，大部分是在幼儿园和小学期间学到的。我们应该向启蒙之师致敬。

汪曾祺

　　汪曾祺（1920—1997），江苏高邮人，中国当代小说家、散文家、戏剧家。1939年考入西南联大中国文学系。1940年开始创作小说。历任《北京文艺》《说说唱唱》《民间文学》编辑和北京京剧院编剧。1985年当选中国作家协会理事，1996年被推选为中国作家协会顾问。主要作品有《受戒》《晚饭花集》《逝水》《晚翠文谈》《端午的鸭蛋》等。

师恩母爱 / 汪曾祺

　　五小（县立第五小学）创立了我们县的第一所幼儿园（当时叫做"幼稚园"），我是幼稚园第一届的学生。幼稚园是新建的，什么都是新的。新的瓦顶，新的砖墙，新的大窗户，新的地板。地板是油漆过的，地板上用白漆漆了一个很大的圆圈。地板门窗发出很好闻的木料的香味。这是我们的教室。教室一边是放玩具的安了玻璃窗的柜橱，一边是一架风琴。教室门前是一片草坪。草坪一侧是滑梯、跷跷板（当时叫做"轩轾板"，这名称很文，我们都不知道为什么叫这样的名称）、沙坑，另一侧有一根粗大的木柱，木柱有顶，中有铁轴，可转动。柱顶垂下七八根粗麻绳，小朋友手握麻绳，快走几步，两腿用力蹬地，两脚蜷缩，人即腾起，围着木柱而转。这件体育器材叫做"巨人布"。我至今不明白这东西怎么会叫这样一个奇怪名字，而且我以后再也没有见过这样的奇怪东西。这就是我们的幼稚园，我们真正的乐园。

　　幼稚园也上下课。课业内容是唱歌、跳舞、游戏。教我们唱歌游戏的是王先生（那时没有"阿姨"这种称呼），名文英。最初学的是简单的短歌：

拉锯，送锯，

你来我去。

拉一把，推一把，

哗啦哗啦起风啦，

小小狗，快快走；

小小猫，快快跑。

后来学了带一点情节性的表演唱。

母亲要外出，嘱咐孩子关好门，有人叫门，不要开。

狼来了，唱唱：

"小孩子乖乖，

把门儿开开，

快点儿开开，

我要进来。"

"不开不开不能开，

母亲不回来，

谁也不能开！"

狼依次叫小兔子乖乖、小羊儿乖乖开门，他们都不开。最后叫小螃蟹：

"小螃蟹乖乖，

把门儿开开，

快点儿开开，

我要进来。"

小螃蟹答应：

"就开就开我就开——"

小螃蟹开了门，"啊呜！"狼一口把它吃掉了：

合唱：

可怜小螃蟹，

从此不回来！

最后就能排演有歌有舞，有舞台动作的小歌剧《麻雀和小孩》了。

开头是老麻雀教小麻雀学飞：

飞飞，飞飞，慢慢飞。

要上去就要把头抬，

要下来尾巴摆一摆，

这个样子飞到这里来。

老麻雀出去寻食，老不回来。小孩上，问小麻雀：

小麻雀呀，

你的母亲哪里去了？

小麻雀答：

我的母亲打食去了，

还不回来，

饿得真难受。

小孩把小麻雀接回去，给它喂食充饥。

老麻雀回来，发现女儿不见了，十分焦急，唱：

啊呀不好了，

女儿不见了！

焦焦，

女儿，

年纪小，

不会高飞上树梢。

渺渺茫茫路远山遥……

　　小孩把小麻雀送回来，老麻雀看见女儿，非常高兴，问它是不是饿坏了。女儿说小孩人很好，给它喂了食：

小青虫，小青豆，

吃了一个饱，

我的妈妈呀！

老麻雀感谢小孩。

全剧终。

剧情很简单，音乐曲调也很简单，但是感情却很丰富。麻雀母女之情，小孩的善良仁爱，都在小朋友的心灵中留下深刻长久的影响。

所有的歌舞表演都是王文英先生一句一句地教会的。我们在表演时，王先生踏风琴伴奏。我至今听到风琴声音还是很感动。

我在五小毕业，后来又读了初中、高中，人也大了，就很少到幼稚园去看看。十九岁离乡，四方漂泊，一直没有回去过。我一直没有再见过王先生。她和我的初中的教国文的张道仁先生结了婚，我是大了以后才知道的。

一九八一年秋，我应邀回阔别多年的家乡讲学，带了一点北京的果脯去看王先生和张先生，并给他们各送了一首在招待所急就的诗。给王先生的一首不文不白，毫无雕饰。第二天，张先生带着两瓶酒到招待所来看我，我说哪有老师来看学生的道理，还带了酒！张先生说，是王先生一定要他送来的。说王先生看了我的诗，哭了一晚上。这首诗全诗是：

小孩子乖乖，把门儿开开，

歌声犹在，耳边徘徊。

我今亦老矣，白髭盈腮，

念一生美育，从此培栽，

师恩母爱，岂能忘怀！

愿吾师康健，长寿无灾。

　　张先生说，王先生对他说："我教过那么多学生，长大了，还没有一个来看过我的！"王先生指着"师恩母爱，岂能忘怀"对张先生说："他进幼稚园的时候还戴着他妈妈的孝！"我这才知道王先生为什么对我特别关心，特别喜爱。

　　张先生反复念了这两句，连说："师恩母爱！师恩母爱！"王先生已经去世几年了。我不知道她的准确的寿数，但总是八十以上了。

　　我觉得幼儿园的老师对小朋友都应该有这样的"师恩母爱"。

朱永新感悟：

　　这篇文章是本书收录的唯一一篇关于幼儿教师的文章，也是一篇感人肺腑的回忆教师的文章。的确，在所有的关于教师的文章中，很少有人会写到自己幼儿园时期的老师。大中小学，每个人都有自己的"母校"，但是几乎没有人在乎自己的"母园"。幼儿教师在教师群体中的缺失，的确是不应该的。其实，人的一生最重要的能力、习惯与品德，往往是在幼儿期间获得和形成的。在这篇文章中，汪曾祺先生深情回忆了王文英老师教给他的儿歌，回忆了许多在幼儿园排演的细节。他记住的不仅是儿歌的内容，更是儿歌蕴含的道德要求。一个特别的秘密，是几十年之后才揭晓的。汪先生在幼儿园时发现老师对他格外关心、格外喜爱，以为是老师的"偏爱"，其实是他自己进幼儿园的时候戴着妈妈的孝，对于失去母亲的孩子，给予特别的关爱，对于细心而智慧的老师来说，自然是理所当然的事情。"念一生美育，从此培栽，师恩母爱，岂能忘怀！"是汪先生对王文英老师的感念，更应该是我们对于所有幼儿教师的礼赞！

郑振铎

郑振铎（1898—1958），生于浙江永嘉，中国现代文学家、社会活动家、文物收藏家、考古学家、藏书家。曾任中国文艺家协会理事、中国文学艺术界联合会常务委员、中国科学院考古研究所所长、北京大学历史系考古专业教授、中国科学院学部委员、文化部副部长等。主要著作有《中国俗文学史》《近百年古城古墓发掘史》《郑振铎文集》《俄国文学史略》《文学大纲》《插图本中国文学史》《中国版画史图录》等。

记黄小泉先生 / 郑振铎

　　我永远不能忘记了黄小泉先生，他是那样的和蔼、忠厚、热心、善诱。受过他教诲的学生们没有一个能够忘记他。

　　他并不是一位出奇的人物，他没有赫赫之名；他不曾留下什么有名的著作，他不曾建立下什么令年轻人眉飞色舞的功勋。他只是一位小学教员，一位最没有野心的忠实的小学教员，他一生以教人为职业，他教导出不少位的很好的学生。他们都跑出他的前面，跟着时代上去，或被时代拖了走去。但他留在那里，永远的继续的在教诲，在勤勤恳恳地做他的本分的事业。他做了五年，做了十年，做了二十年的小学教员，心无旁骛，志不他迁，直到他的儿子炎甫承继了他的事业之后，他方才歇下他的担子，去从事一件比较轻松些、舒服些的工作。

　　他是一位最好的公民。他尽了他所应尽的最大的责任；不曾一天躲过懒，不曾想到过变更他的途程。虽然在这二十年间尽有别的机会给他向比较轻松些、舒服些的路上走去。他只是不息不倦地教诲着，教诲着，教诲着。

　　小学校便是他的家庭之外的唯一的工作与游息之所。他没有任何不良的嗜好，连烟酒也都不入口。

　　有一位工人出身的厂主，在他从绑票匪的铁腕之下脱逃出来的时候，有人问他道："你为什么会不顾生死的脱逃出来呢？"

他答道："我知道我会得救。我生平不曾做过一件亏心的事，从工厂出来便到礼拜堂，从家里出来便到工厂。我知道上帝会保佑我的。"

小泉先生的工厂，便是他的学校，而他的礼拜堂也便是他的学校。他是确确实实的不曾到过第三个地方去；从家里出来便到学校，从学校出来便到家里。

他在家里是一位最好的父亲。他当然不是一位公子少爷，他父亲不曾为他留下多少遗产，也许只有一所三四间搭的瓦房——我已经记不清了，说不定这所瓦房还是租来的。他的薪水的收入是很微小的，但他的家庭生活很快活。他的儿子炎甫从小是在他的"父亲兼任教师"的教育之下长大的。炎甫进了中学，可以自力研究了，他才放手。但到了炎甫在中学毕业之后，却因为经济的困难，没有希望升学，只好也在家乡做着小学教员。炎甫的收入极小，他的帮助当然是不多。这几十年间，他们的一家，这样的在不充裕的生活中度过。

但他们很快活。父子之间，老是像朋友似的在讨论着什么，在互相帮助着什么。炎甫结了婚，他的妻是我少时候很熟悉的一位游伴，她在他们家里觉得很舒服，他们从不曾有过什么不愉快的争执。

小泉先生在学校里，对于一般小学生的态度，也便是像对待他自己的儿子炎甫一样；不当他们是被教诲的学生们，不以他们为知识不充足的小人们；他只当他们是朋友，最密切亲近的朋友。他极善诱导启发，出之以至诚，发之于心坎。我从不曾看见他对于小学生有过疾言厉色的责备。有什么学生犯下了过错，他总是和蔼的在劝告，在絮谈，在闲话。

没有一个学生怕他，但没有一个学生不敬爱他。

他做了二十年的高等小学校的教员、校长。他自己原是科举出身，对于新式的教育却努力的不断的在学习，在研究，在讨论。在内地，看报的人很少，读杂志的人更少；我记得他却订阅了一份《教育杂志》，这当然给他以不少的新的资料与教导法。

他是一位教国文的教师。所谓国文，本来是最难教授的东西；清末到民国六七年间的高等小学的国文，尤其是困难中之困难。不能放弃了旧的《四书》《五经》，同时又必须应用到新的教科书。教高小学生以《左传》《孟子》《古文观止》之类是"对牛弹琴"之举，但小泉先生却能给我们以新鲜的材料。

我在别一个小学校里，国文教员拖长了声音，板正了脸孔，教我读《古文观止》。我至今还恨这部无聊的选本！

但小泉先生教我念《左传》，他用的是新的方法，我却很感到趣味。

仿佛是到了高小的第二年，我才跟从了小泉先生念书，我第一次有了一位不可怕而可爱的先生。这对于我爱读书的癖性的养成是很有关系的。

　　高小毕业后，预备考中学。曾和炎甫等几个同学，在一所庙宇里补习国文、教员也便是小泉先生。在那时候，我的国文，进步得最快。我第一次学习作文。我永远不能忘记了那时候的快乐的生活。

　　到进了中学校，那国文教师又在板正了脸孔，拖长了声音在念《古文观止》！求小泉那个时代那么活泼善诱的国文教师是终于不可得了！

　　所以，受教的日子虽不很多，但我永远不能忘记了他。

　　他和我家有世谊，我和炎甫又是很好的同学，所以，虽离开了他的学校，他还不断地在教诲我。

　　假如我对于文章有什么一得之见的话，小泉先生便是我的真正的"启蒙先生"、真正的指导者。我永远不能忘记了他，永远不能忘记了他的和蔼、忠厚、热心、善诱的态度——虽然离开了他已经有十几年，而现在是永不能有再见到他的机会了。

　　但他的声音笑貌在我还鲜明如昨日！

1934 年 7 月 9 日

朱永新感悟：

郑振铎先生是中国民主促进会会员，也是一位才华横溢的学者，在文学、语言、艺术、历史、考古等多个领域成就卓著。他的成就，与文章中的这位黄小泉老师或许不无关系。黄小泉老师并不是一位出奇的人物，"他没有赫赫之名；他不曾留下什么有名的著作，他不曾建立下什么令年轻人眉飞色舞的功勋。"但是，"他是那样的和蔼、忠厚、热心、善诱。受过他教诲的学生们没有一个能够忘记他。"一个优秀的老师，如果被一位学生铭记一辈子，就已经很不容易，何况他能够被所有的学生记住一生呢？从郑振铎先生的文章中，我们可以看见，真正的好老师是把学生视为自己的孩子的，作为自己的朋友的；真正的好老师是和蔼可亲、循循善诱，而不是居高临下、让学生胆战心惊的；真正的好老师是不断学习，不断成长，与时俱进的。和蔼、忠厚、热心、善诱——这不正是师爱的智慧吗？

魏
巍

　　魏巍（1920—2008），河南郑州人，现代著名作家、散文家、诗人、小说家。曾任《解放军文艺》副主编、总政创作室副主任、总政文艺处副处长、北京军区文化部部长等。主要作品有：报告文学集《人民战争花最红》，长篇小说《东方》《地球上的红飘带》，散文集《春天漫笔》《在欢乐的鼓声中前进》，长诗《新的长征》，文艺论文《幸福的花为勇士而开》等，报告文学《谁是最可爱的人》影响了数代中国人。

我的老师 / 魏巍

　　最使我难忘的，是我小学时候的女教师蔡芸芝先生。

　　回想起来，她那时有十八九岁。嘴角右边有榆钱大小一块黑痣。在我的记忆里，她是一个温柔和美丽的人。

　　她从来不打骂我们。仅仅有一次，她的教鞭好像要落下来，我用石板一迎，教鞭轻轻地敲在石板边上，大伙笑了，她也笑了。我用儿童的狡猾的眼光察觉，她爱我们，并没有存心要打的意思。

　　在课外的时候，她教我们跳舞，我还记得她把我扮成女孩子表演跳舞的情景。

　　在假日里，她把我们带到她的家里和朋友的家里。在她的朋友的园子里，她还让我们观察蜜蜂，也是在那时候，我认识了蜂王，并且平生第一次吃了蜂蜜。

　　她爱诗，并且爱用歌唱的音调教我们读诗。直到现在我还记得她读诗的音调，还能背诵她教我们的诗：

　　圆天盖着大海，
　　黑水托着孤舟，
　　远看不见山，

那天边只有云头，

也看不见树，

那水上只有海鸥……

今天想来，她对我的接近文学和爱好文学，是有着多么有益的影响！

像这样的教师，我们怎么会不喜欢她，怎么会不愿意和她亲近呢？我们见了她不由地就围上去。即使她写字的时候，我们也默默地看着她，连她握铅笔的姿势都急于模仿。

有一件小事，我不知道还值不值得提它，但回想起来，在那时却占据过我的心灵。我父亲那时候在军阀部队里，好几年没有回来，我跟母亲非常牵挂他，不知道他的死活。我的母亲常常站在一张褪了色的神像面前焚起香来，把两个有象征记号的字条卷着埋在香炉里，然后磕了头，抽出一个来卜问吉凶。我虽不像母亲那样，也略略懂了些事。可是在孩子群中，我的那些小"反对派"们，常常在我的耳边猛喊："哎哟哟，你爹回不来了哟，他吃了炮子儿啰！"那时的我，真好像父亲死了似的那么悲伤。这时候，蔡老师援助了我，批评了我的"反对派"们，还写了一封信劝慰我，说我是"心清如水的学生"。一个老师排除孩子世界里的一件小小的纠纷，是多么平常，可是回想起来，那时候我却觉得是给了我莫大的支持！在一个孩子的眼睛里，他的老师是多么慈爱，多么公平，多么伟大的人啊！

　　每逢放假的时候，我们就更不愿离开她。我还记得，放假前我默默地站在她的身边，看她收拾东西的情景。蔡老师！我不知道你当时是不是察觉，一个孩子站在那里，对你是多么的依恋！至于暑假，对于一个喜欢他的老师的孩子来说，又是多么漫长！记得在一个夏季的夜里，席子铺在当屋，旁边燃着蚊香，我睡熟了。不知道睡了多久，也不知道是夜里的什么时候，我忽然爬起来，迷迷糊糊地往外就走。母亲喊住我：

　　"你要去干什么？"

　　"找蔡老师……"我模模糊糊地回答。

　　"不是放暑假了么？"

　　哦，我才醒了。看看那块席子，我已经走出六七尺远。母亲把我拉回来，劝说了一会，我才睡熟了。我是多么想念我的蔡老师啊！至今回想起来，我还觉得这是我记忆中的珍宝之一。一个孩子的纯真的心，就是那些在热恋中的人们也难比啊！什么时候，我能再见一见我的蔡老师呢？

　　可惜我没有上完初小，就转到县立五小上学去了，从此，我就和蔡老师分别了。

　　虽然这时候我同样具有鲜明而坚定的"立场"，就是说，谁要说"五小"一个"不"字，那就要怒目而过，或者拳脚相见。可是实际上我却失去了以前的很多欢乐。例如学校要做一律的制服，家里又做不起，这多么使一个孩子伤心啊！例如，画画儿的时候，自己偏偏没有色笔，脸上是多么无光啊！这些也都不必再讲，这里我还想讲讲我的另一位老师。这位老师姓宋，是一个严厉的人。在上体育课的时候，如果有一个人走不整齐，那就要像旧军队的士兵一样遭到严厉的斥责。尽管如此，我的小心眼儿里仍然很佩服他，因为我们确实比其他学校走得整齐，这使我和许多"敌人"进行舌战的时候，有着显而易见的理由。引起我忧虑的，只是下面一件事。这就是上算术课。在平民小学里，我的"国语"（"语文"）比较好，因而跳过一次班，算术也就这样跟不上了。来到这里，"国语"仍然没问题，不管作文题是"春日郊游"或者是"早婚之害"，我都能争一个"清通"或者"尚佳"。只是宋老师的算术课，一响起铃声，就带来一阵隐隐的恐惧。上课往往先发算术本子。每喊一个名字，下面有人应一声"到！——"，然后到前面把本子领回来。可是一喊到我，我刚刚从座位上立起，那个算术本就像瓦片一样向我脸上飞来，有时就落到别人的椅子底下，我连忙爬着去拾。也许宋老师以为一个孩子不懂得什么叫做羞惭！

从这时起，我就开始抄别人的算术。也是从这时起，我认为算术这是一门最没有味道的也是最难的学科，像我这样的智力是不能学到的。一直到高小和后来的师范，我都以这一门功课为最糟。我没有勇气也从来没有敢设想我可以弄通什么"鸡兔同笼"！

并且叙述着他们的时候，我并不是想一一地去评价他们。这并不是这篇文章的意思。如果说这篇文章还有一点意思的话，我想也就是在回忆起他们的时候，加深了我对于教师这种职业的理解。这种职业，据我想——并不仅仅依靠丰富的学识，也不仅仅是依靠这种或那种的教学法，这只不过是一方面。也许更重要的，是他有没有一颗热爱儿童的心！假若没有这样的心，那么口头上的热爱祖国罗，对党负责罗，社会主义建设罗，也就成了空的。那些改进方法罗，编制教案罗，如此等等也就成为形式！也许正因为这样，教师——这才被称作高尚的职业吧。我不知道我悟出的这点道理，对我的教师朋友们有没有一点益处。

朱永新感悟：

魏巍是著名的诗人和报告文学作家。1951 年 4 月 11 日，《人民日报》在头版推出了他的通讯《谁是最可爱的人》，毛泽东随即批示"印发全军"，一时间风靡全国，洛阳纸贵。魏巍这篇回忆老师的文章，是一篇被节选收入人教版语文七年级教材的课文。原文近四千字，分别回忆了作者魏巍小学的三位教师：凶狠无情的柴老师、温柔和蔼的蔡老师和严厉粗暴的宋老师。通过对蔡老师的挚爱与依恋，以及对柴老师、宋老师的畏惧与疏离，讲述了教师最重要的品质——"有一颗热爱儿童的心"。蔡老师是具有爱心和教育智慧的优秀教师，她的爱是发自内心、亲切自然、温柔美丽的爱，她懂得保护孩子的自尊心，她在课堂上给学生讲诗歌，在课外教学生跳舞唱歌，学生们放假了还想着早早开学见到自己的老师。如果没有深厚的教育爱，是不可能让学生产生如此强烈的依恋感的。而这样的爱，也正是热爱党和祖国，敬业爱岗的力量源泉。写作此文时，魏巍已经和蔡老师分别20多年了，但是，那些感人的细节仍然栩栩如生，印刻在作者的心灵之中。魏巍说，那段生活已成为他"永远珍藏在记忆中"的"珍宝"。相比较而言，文章中的宋老师，虽然对学生严格要求，但正是缺少蔡老师那样的爱，让学生生活在恐惧之中，结果也失去了对他所教学科的兴趣。

王
蒙

　　王蒙（1934—　），河北南皮人，著名作家、学者，文化部原部长，中国作家协会名誉副主席，中央文史研究馆资深馆员。先后兼任解放军艺术学院、南京大学、浙江大学等大学教授、名誉教授等。代表作品《青春万岁》《组织部来的年轻人》《恋爱的季节》《狂欢的季节》《失态的季节》《猴儿与少年》等百余部。《青春万岁》入选"新中国70年70部长篇小说典藏"。作品翻译为三十多种语言在各国发行。2019年被授予"人民艺术家"国家荣誉称号。

华老师，你在哪儿？ ／王蒙

　　小学二年级时，我们班换了一位女老师叫华霞菱，女，刚从北平师范学校（简称北师）毕业，二十岁左右，个子比较高，脸挺大，还长了些麻子，校长介绍说，她是"北师"的高材生，将担任我们班的级任老师。

　　华老师对学生非常严格，经常对一些"坏学生"训诫体罚（站墙角、不准回家吃饭），我们都认为这个老师很厉害，怕她。但她教课、改作业实在是认真极了，所以，包括被处罚的哭得死去活来的同学，也一致认为这是一个非常好的老师。谁说小孩子不会判断呢？

　　小学二年级，平生第一次学造句，第一题是"因为"。我造了一个大长句，其中有些字不会写，是注音符号拼的。那句子是："下学以后，看到妹妹正在浇花，我很高兴，因为她从小就勤劳，她不懒惰。"

　　华老师当着全班念了我这个句子，从此，我受到了华老师的"激赏"。

　　但是，有一次我出了个"难题"，实在有负华老师的期望。华老师规定，写字课必须携带毛笔、墨盒和红模字纸，但经常有同学忘带而使写字课无法进行。华老师火了，宣布说再有人不带上述文具来上写字课，便到教室外面站墙角去。

偏偏刚宣布完我就犯了规，等想起这一节是写字课时，课前预备铃已经响了，回家再取已经不可能。

我心乱如麻，面如土色。华老师来到讲台上，先问："都带笔墨纸了吗？"

我和一个瘦小贫苦的女生低着头站了起来。

华老师皱着眉看着我们，她问："你们说，怎么办？"

我流出了眼泪。最可怕的是我姐姐也在这个学校，如果我在教室外面站了壁角，这种奇耻大辱就会被她报告给父母……天啊，我完了。

全班都沉默着，大家感到了问题的严重性。那个瘦小的女同学说话了："我出去站着吧，王蒙就甭去了，他是好学生，从来没犯过规。"

听了这个话我真是感到绝处逢生，马上喊道："同意！"

华老师看了我一眼，摇摇头，叹了口气，厉声说了句："坐下！"

事后她把我喊到她的宿舍，问道："当×××（那个女生的名字）说她出去站而你不用去的时候，你说了什么来着？"

我脸一下子就红了，无地自容。

这是我平生第一次受到的深刻的品德教育。我现在写到这儿的时候，心里仍怦怦然，不受教育，一个人会成为什么样呢？

又一次考试时，其中一道试题需要写一个"育"字，我头一天晚上还练习过好几遍这个字，临考时却怎么也想不起来了，觉得实在冤枉，便偷偷打开书桌，悄悄翻开了书，找到了这个字，还自以为无人知晓呢。

发试卷时，华老师说："这次考试，本来有一个同学考得很好，但因为一些原因，他的成绩不能算数。"

又是一次促膝谈心，个别谈话，我承认了自己的错误，华老师扣了我十分，但还是照顾了我的面子，没有在班上公开我考试作弊的不良行为。

华老师还带我去参加过一次全市中小学生运动会。会前，她带我去一家糕点铺吃了一碗油茶、一块点心。这是我平生第一次"下馆子"，这种在糕点铺吃油茶的经验，被我借用到《青春万岁》里苏君和杨蔷云身上。

运动会开完了，天黑了，挤有轨电车时，我与华老师失散了，真挤呀，挤得我脚不沾地。结果，我上错了车，我家本来在"西四牌楼"附近，却坐了去"东四牌楼"的车，一直坐到了北新桥终点……后来我还是找回了家，但心里感到和华老师更亲了。

那时候的小学，每逢升级，级任老师就要换的，因此，一九四二年以后，华老师就不再教我们了。此后也有许多好老师，但没有一个像华老师那样细致地教育过我。

华老师，您能得知我这篇文章的一点信息吗？您现在可好？您还记得我的第一次造句（这是我"写作"的开始呀）吗？您还记得我的两次犯错误吗？还有我们一起喝油茶的那个铺子，那是在前门、珠市口一带吧？对不对？我真想念您，真想见您啊！

朱永新感悟：

王蒙先生是我的忘年交。2024 年 1 月 30 日，是我的"王蒙文学之旅"日。这天，我先后在国家博物馆参观了"青春作赋思无涯——王蒙文学创作 70 周年展"，在国家图书馆参观了"笔墨春秋——王蒙文学创作 70 周年作品展"，在现代文学馆参观了"新中国文学的'金线与璎珞'——王蒙文学创作 70 年文献展"。王蒙先生陪同我参观了后面两个展览，参观的过程中我问起这篇文章的主人公，王蒙先生告诉我，华老师后来在台湾找到了，师生间还见了面。正是这篇文章，让他们建立了新的联系。王蒙先生的文章不长，但是把华老师的严格与关爱、认真与细致以及处理问题的教育智慧表现得淋漓尽致。华老师很严格，处理学生甚至不吝用训诫体罚的方法，但是学生们却一致认为她是一个好老师，这是因为她的善意被学生看见了。对于作弊的王蒙，华老师既照顾了他的面子，又通过谈心让他认识到错误的严重性。对于造句的"激赏"，对王蒙日后走上写作的道路，也许有着非常重要的激励作用。一个老师，一举手一投足，一句话，一个表情，对学生的影响都是刻骨铭心的。

梁晓声

梁晓声（1949— ），生于黑龙江省哈尔滨市，北京语言大学人文学院教授、中央文史研究馆馆员。先后任北京电影制片厂编辑、编剧，中国儿童电影制片厂艺术委员会副主任，中国电影审查委员会委员及中国电影进口审查委员会委员等。代表作有《父亲》《天若有情》《今夜有暴风雪》《雪城》《我和我的命》《人世间》等，多部作品被改编为影视剧。长篇小说《雪城》入选"新中国70年70部长篇小说典藏"，《人世间》获得第十届茅盾文学奖。

我和橘皮的往事 / 梁晓声

　　多少年过去了，那张清瘦而严厉的，戴六百度黑边近视镜的女人的脸，仍时时浮现在我眼前，她就是我小学四年级的班主任老师。想起她，也就使我想起了一些关于橘皮的往事……

　　其实，校办工厂并非是今天的新事物。当年我的小学母校就有校办工厂。不过规模很小罢了，专从民间收集橘皮，烘干了，碾成粉，送到药厂去。所得加工费，用以补充学校的教学经费。

　　有一天，轮到我和我们班的几名同学，去那小厂房里义务劳动。一名同学问指派我们干活的师傅，橘皮究竟可以治哪几种病？师傅就告诉我们，可以治什么病，尤其对平喘和减缓支气管炎有良效。

　　我听了暗暗记在心里。我的母亲，每年冬季都被支气管炎所苦，经常喘作一团，憋红了脸，透不过气来。可是家里穷，母亲舍不得花钱买药，就那么一冬季又一冬季地忍受着，一冬季比一冬季气喘得厉害了。看着母亲那种痛苦样子，我和弟弟妹妹每每心里难受得想哭。我暗想，一麻袋又一麻袋，这么多这么多橘皮，我何不替母亲带回家一点儿呢？……

　　当天，我往兜里偷偷揣了几片干橘皮。

　　以后，每次义务劳动，我都往兜里偷偷揣几片干橘皮。

　　母亲喝了一阵子干橘皮泡的水，剧烈喘息的时候，分明的减少了。起码我觉着是那样。我内心里的高兴，真是没法儿形容。母亲自然问过我——从哪儿弄的干橘皮？我撒谎，骗母亲，说是校办工厂的师傅送给的。母亲就抚摸我的头，用微笑表达她对她的一个儿子的孝心所感受到的那一份儿欣慰，那乃是穷孩子们的母亲们普遍的最由衷的也是最大的欣慰啊！……

　　不料想，由于一名同学的告发，我成了一个小偷，一个贼。先是在全班同学眼里成了一个小偷，一个贼。后来是在全校同学眼里成了一个小偷，一个贼。

　　那是特殊的年代。哪怕小到一块橡皮，半截铅笔，只要一旦和"偷"字连起来，也足以构成一个孩子从此无法刷洗掉的耻辱，也足以使一个孩子从此永无自尊可言。每每的，在大人们互相攻讦之时，你会听到这样的话——"你自小就是贼！"——那贼的罪名，却往往仅由于一块橡皮，半截铅笔。那贼的罪名，甚至足以使一个人背负终生。即使往后别人忘了，不再提起了，在他或她内心里，也是铭刻下了。这一种刻痕，往往扭曲了一个人的一生，改变了一个人的一生，毁灭了一个人的一生……

　　在学校的操场上，我被迫当众承认自己偷了几次橘皮，当众承认自己是贼。当众，便是当着全校同学的面啊！……

　　于是我在班级里，不再是任何一个同学的同学，而是一个贼。于是我在学校里，仿佛已经不再是一名学生，而仅仅是，无可争议地是一个贼，一个小偷了。

我觉得，连我上课举手回答问题，老师似乎都佯装不见，目光故意从我身上一扫而过。

我不再有学友了。我处于可怕的孤立之中。我不敢对母亲讲我在学校的遭遇和处境，怕母亲为我而悲伤……

当时我的班主任老师，也就是那一位清瘦而严厉的，戴六百度近视镜的中年女教师，正休产假。

她重新给我们上第一堂课的时候，就察觉出了我的异常处境。

放学后她把我叫到了僻静处，而不是教员室里，问我究竟做了什么不光彩的事？

我"哇"地哭了……

第二天，她在上课之前说："首先我要讲讲梁绍生（我当年的本名）和橘皮的事。他不是小偷，不是贼。是我叮嘱他在义务劳动时，别忘了为老师带一点儿橘皮。老师需要橘皮掺进别的中药治病。你们如果再认为他是小偷，是贼，那么也把老师看成是小偷，是贼吧！……"

第三天，当全校同学做课间操时，大喇叭里传出了她的声音。说的就是她在课堂上所说的那番话……

从此我又是同学的同学，学校的学生，而不再是小偷不再是贼了。从此我不想死了……

　　我的班主任老师，她以前对我从不曾偏爱过。以后也不曾。在她眼里，以前和以后，我都只不过是她的四十几名学生中的一个。最普通的最寻常的一个……

　　但是，从此，在我心目中，她不再是一位普通的老师了。尽管依然像以前那么严厉，依然戴六百度的近视镜……

　　在"文化大革命"中，那时我已是中学生了，没给任何一位老师贴过大字报。我常想，这也许和我永远忘不了我的小学班主任老师有某种关系。没有她，我不太可能成为作家。也许我的人生轨迹将彻底地被扭曲、改变，也许我真的会变成一个贼，以我的堕落报复社会。也许，我早已自杀了……

　　以后我受过许多险恶的伤害。但她使我永远相信、生活中不只有坏人。像她这样的好人是确实存在的……因此我应永远保持对生活的真诚热爱啊！

朱永新感悟：

　　梁晓声老师是我的好朋友。曾经专门为朱墨的作品《我和老爸是哥们》以及我的《走向学习中心：未来学校构想》写过推荐序言。他是一个情感细腻、睿智清醒的知名作家，也是一位爱国爱党、认真负责的民盟成员。这篇《我和橘皮的往事》，讲述的是一位学生辛酸而幸福、痛苦而温暖的故事，一位富有爱心和智慧的老师帮助学生走出心灵困境的故事。孩提时的梁晓声家境贫寒，母亲患有严重的支气管炎。年幼的他听说橘皮可以对平喘和减缓支气管炎有良效，就在校办厂里偷偷揣了几片干橘皮带回家给母亲治病。没有想到被其他同学告发成了"小偷"和"贼"。有口难辩的他陷入了孤独自卑的困境，就在这个时候，那位"清瘦而严厉"的班主任老师站出来帮助他洗刷了"罪名"。这样一个小小的细节，是老师的教育智慧，更是老师的信任与爱。正是这样的一个细节，改写了梁晓声的人生轨迹："没有她，我不太可能成为作家。也许我的人生轨迹将彻底地被扭曲、改变，也许我真的会变成一个贼，以我的堕落报复社会。也许，我早已自杀了……"。可见，老师的一席话，一个行为，的确是能够影响学生的一生的。

第二辑

成长之师

　　这一辑收录的八篇文章，都是关于中学老师的回忆文章。用"成长之师"作为辑名，并不是说其他时期与成长无关，而是特别强调了在青春期这个"多事之秋"，老师对学生的成长具有特别关键的作用。在选文时，我们特别考虑到学科的多元性，有语文、数学、物理老师，也有历史、地理、音乐、美术等学科老师。其实，真正的教育是心灵的教育，是没有主科副科之分的。

钱穆

钱穆（1895—1990），江苏无锡人，著名历史学家、思想家、教育家。曾任教于燕京大学、北京大学、清华大学、北平师范大学、西南联合大学等。1949 年在香港创办新亚书院。代表作有《先秦诸子系年》《中国近三百年学术史》《国史大纲》《中国历代政治得失》《中国历史精神》《中国思想史》《宋明理学概述》等。

吕思勉诚之师 / 钱穆

　　除监督元博师外，当时常州府中学堂诸师长尤为余毕生难忘者，有吕思勉诚之师。亦常州人。任历史地理两课。闻诚之师曾亲受业于敬山太老师之门。诚之师长于余可十二岁，则初来任教当是二十五岁，在诸师中最为年轻。诚之师不修边幅，上堂后，尽在讲台上来往行走，口中娓娓不断，但绝无一言半句闲言旁语羼入，而时有鸿议创论。同学争相推敬。其上地理课，必带一上海商务印书馆所印中国大地图。先将各页拆开，讲一省，择取一图。先在附带一小黑板上画一十字形，然后绘此一省之四至界线，说明此一省之位置。再在界内绘山脉，次及河流湖泽。说明山水自然地理后，再加注都市城镇关卡及交通道路等。一省讲完，小黑板上所绘地图，五色粉笔缤纷皆是。听者如身历其境，永不忘怀。

　　一次考试，出四题，每题当各得二十五分为满分。余一时尤爱其第三题有关吉林省长白山地势军情者。乃首答此题，下笔不能休。不意考试时间已过，不得不交卷。如是乃仅答一题。诚之师在其室中阅卷，有数同学窗外偷看，余不与，而诚之师亦未觉窗外有人。适逢余之一卷，诚之师阅毕，乃在卷后加批。此等考卷本不发回，只须批分数，不须加批语。乃诚之师批语，一纸加一纸，竟无休止。手握一铅笔，写久须再削。诚之师为省事，用小刀将铅笔劈开成两半，俾中间铅条可随手抽出，不断快写。铅条又易淡，写不出颜色来，诚之师乃在桌上一茶杯中蘸水书之。所书纸遇湿而破，诚之师无法黏贴，乃以手拍纸，使伏贴如全纸，仍书不辍。不知其批语曾写几纸，亦不知其所批何语。而余此卷只答一题，亦竟得七十五分。只此一事，亦可想象诚之师之为人，及其日常生活之一斑。

后诚之师已成名，余获与通信，曾为经学上今古文之问题，书问往返长函几达十数次。各累数万字，惜未留底，今亦不记其所言之详。惟忆诚之师谨守其乡前辈常州派今文学家之绪论，而余则多方加以质疑问难。诚之师最后一书，临了谓君学可比朱子，余则如象山，尽可有此异同。余不知此系诚之师之谦辞，抑更别有所指。惜后再见面，未将此问题细问，今亦终不悟当时诚之师此语是何意也。

余之重见诚之师，乃在一九四〇年，上距离去常州府中学堂，适已三十年一世之隔矣。是年，余《国史大纲》初完稿，为防空袭，急欲付印。乃自昆明赴香港，商之商务印书馆，王云五馆长允即付印，惟须交上海印刷厂付印。余曰大佳，光华大学有吕思勉教授，此稿最后校样须由彼过目。云五亦允办。余又赴沪，亲谒诚之师于其法租界之寓邸。面陈《国史大纲》方完稿，即付印，恐多错误，盼师作最后一校，其时余当已离去，遇错误，请径改定。师亦允之。后遇曲折，此稿越半年始付印。时余亦蛰居苏州，未去后方。一日赴沪，诚之师告余，商务送稿，日必百页上下，催速校，翌晨即来取，无法细诵，只改错字。诚之师盛赞余书中论南北经济一节。又谓书中叙魏晋屯田以下，迄唐之租庸调，其间演变，古今治史者，无一人详道其所以然。此书所论诚千载只眼也。此语距今亦逾三十年，乃更无他人语余及此。我师特加赏识之恩，曷可忘。

朱永新感悟：

　　钱穆与吕思勉都是名满天下的史学大家。吕思勉，字诚之，25岁时成为钱穆的中学历史与地理老师。钱穆这一篇用半文言撰写的回忆恩师的文章，虽然篇幅不长，但是信息量并不少，而且讲述了许多教学方法的细节。第一，吕老师在课堂上不是照本宣科，而是"在讲台上来往行走，口中娓娓不断，但绝无一言半句闲言旁语羼入，而时有鸿议创论"，让学生敬佩叹服不已。第二，吕老师注重直观教学，上课时总是带着一张中国大地图，讲到某省时结合地图在黑板上绘制该省的山水自然地理、都市城镇关卡及交通道路等，"一省讲完，小黑板上所绘地图，五色粉笔缤纷皆是。听者如身历其境，永不忘怀"。第三，吕老师批改作业认真细致，而注重创见。钱穆在一次考试中只答完了四道题中的一道，按理最多只能得25分，吕老师却破格给了 75 分，而且评语的文字比答案还要多。吕思勉老师不仅引导钱穆走上了学术研究之路，而且钱穆的讲学风格也显然受到恩师的影响。钱穆的学生何兹全在回忆自己在大学里听钱穆讲课情景时说："他讲课讲到得意处，像和人争论问题一样，高声辩论，面红耳赤，在讲台上龙行虎步走来走去，这头走到那头，那头走到这头"，不是活脱脱的吕思勉上课的"情景再现"吗？

缪钺

　　缪钺（1904—1995），江苏溧阳人，著名历史学家、文学家、教育家。北京大学文预科肄业，曾任河南大学、广州学海书院、浙江大学、华西协合大学、四川大学教授，国务院古籍整理出版规划小组顾问、中国唐史研究会理事等。出版有《元遗山年谱汇纂》《诗词散论》《杜牧诗选》《三国志选》《读史存稿》《杜牧传》《杜牧年谱》《冰茧庵丛稿》《冰茧庵序跋辑存》《冰茧庵剩稿》等，收入八卷本《缪钺全集》。教学与研究成果获国家教育委员会普通高等学校优秀教学成果国家级特等奖、全国高等学校首届人文社会科学研究优秀成果一等奖。

追忆三位中学老师 / 缪钺

　　在 1918 年至 1922 年期间，我年十四岁至十八岁（按新算法），肄业于保定直隶省（即今河北省）立第六中学。校舍在保定西南郊，为灵隐寺故址，前临清溪，背负旷野，环境幽清，宜于读书。四年之中，我受业于三位国文教师，对我教益很大，至今记忆犹新。

　　初入学时，束鹿高兰坡（庆题）先生教我们国文。第一次作文题是《暑假纪事》，我交卷后，得了很好的评语，因为我从小即在家中读古文，学作文言文，所以在这方面比一般同学熟练一些。高先生当时四十岁左右，性情开朗，讲书时议论风生，对同学启发很大。他的思想在新旧之间，他认为，公羊家能发明孔子修《春秋》之精义微旨（这大概是受康有为的影响），又认为，法家韩非子循名责实的主张是对的（这大概是受严复的影响），给我们选讲了好几篇韩非子的短篇论辩之文，称赞其笔锋犀利；他对于当时胡适所提倡的白话文持反对态度。我常将所作小诗请先生批改，有一次，我写了一首《蟋蟀》诗：

　　　唧唧果何诉？逢时自作声。

　　　露珠供吸饮，草地任纵横。

旷野风何急，萧斋烛半明。

穷秋霜雪降，能得几时鸣？

　　先生说，"萧斋"可以改为"空堂"，因为"堂"字声音响亮，且暗用《诗经·唐风·蟋蟀》"蟋蟀在堂，岁聿其莫"的典故，更为贴切。我因此更领悟了作诗炼字用典之法。高先生要我多读汉魏古诗，植根深厚。高先生只教了一学期，就赴天津教育厅任职，但还是常与我通信，我也常寄所作诗文请教。先生总是复函奖勉，认为我天性近于文学，将来可以深造。先生工书法，善尺牍。有一次，我寄函请先生写条幅，并说，待买得好宣纸，随即奉上。先生复函说："欲求羊欣之书，不必买洛阳之纸也。"可见其信手写来，吐属高雅。

　　第二位国文教师是马献图先生，肃宁人，五十多岁。他没有高先生的才华，但是为人朴诚，讲书非常尽力，详尽透彻，惟恐同学有听不懂者。同学有问题，总是尽心回答。马先生第一次上课，选讲欧阳修《释祕演诗集序》，给同学印象很深，有的调皮的同学私下戏称先生为"老祕演"。马先生教我们一年，他的勤恳讲课，循循善诱，博得同学们的敬仰。有一次，一位同学在所作文章中用了一个僻典，发卷时，马先生问他："此典出自何处？"一位五十多岁的老教师竟肯向一个十几岁学生不耻下问，这是何等的虚怀雅量！

　　马先生教我们一年就离去了，继之者是王心研（念典）先生，一直教我们到毕业。王先生，宁河县人，是桐城吴挚甫（汝纶）先生的再传弟子。吴挚甫于清末在保定莲池书院任山长多年，教泽广被。王先生讲文章注重桐城义法，所选课文多取材于《古文辞类纂》与《续古文辞类纂》，并且勉励我们学作桐城派古文。我在家中少承庭训，喜读萧统的《文选》，尤其欣赏魏晋闲文，清疏淡雅，起止自然，而觉得桐城义法未免局促。不过，桐城派古文也自有其长处，布局严谨，详略适宜，辞句雅洁，系统紧密。我受了两年多的桐城派古文训练之后，以后行文，无论是文言或白话，都能爽洁简要，无繁冗芜杂之弊，其中自然有王先生陶冶之功。我从小喜欢读诗，多是读唐诗，如《唐诗别裁》，但是学作诗时则喜欢吴梅村、王渔洋的律诗、绝句，容易模仿。我写录所作小诗请王先生指教时，先生说："你的诗气骨靡弱，可多读黄山谷、陈后山之作以矫其弊。方东树《昭昧詹言》论诗精细，可以参看。"我于是读黄、陈二家诗，略有领悟。有一个寒假中，同班同学李守谦、许君远都回家（安国县）去了，在旧历新年人日（正月初七），我寄给他们一首七律诗：

共居未谙离群苦，小别相思情转亲。
过岁况逢华胜日，寄诗肯负草堂人？
丰年瑞兆千村雪，爆竹声喧万户新。
何日雍容一樽酒，西园相对赏芳春。

开学后，我将此诗面呈王先生，王先生很称赞，认为我的诗又进一境了。从此我亦爱读宋诗。总之，王先生在指导作文作诗方面，对我的教益是很大的。

我自中学毕业后，考入北京大学肄业，其后因从事教书工作，游走四方，得到不少良师益友的帮助，使我治学更向深广方面发展。但是十余岁读中学时三位国文老师对我的教益，仍然使我饮水思源，终生感念不忘。

（原载《中学生文史》，1985 年第 7 期）

朱永新感悟：

作为著名的文史学者，缪钺在文章中深情回忆了影响自己成长的三位中学语文老师。第一位高兰坡先生"性情开朗，讲书时议论风生，对同学启发很大"，他国学根底深厚，讲课旁征博引，新旧贯通，不仅帮助他修订诗稿，而且鼓励他在文学方面继续深造。第二位老师马献图先生虽然不像高老师那样才华横溢，但"为人朴诚，讲书非常尽力，详尽透彻，惟恐同学有听不懂者"，对同学提出的问题总是尽心回答。他勤恳讲课，循循善诱，不耻下问，同样得到同学们的敬仰。第三位老师王心研先生学问渊博，讲文章注重桐城义法，并且勉励学生学作桐城派古文，使学生在写文章时注重"布局严谨，详略适宜，辞句雅洁，系统紧密"。缪钺后来成为著名的学者，长于诗词文章，与中学时期三位语文老师的熏陶与训练有着直接的关系。

梁实秋

梁实秋（1903—1987），出生于北京。著名散文家、文学批评家、翻译家。先后就读于北京清华学校、美国科罗拉多州科罗拉多学院和哈佛大学，创办《新月》月刊和《自由评论》，主编《世界日报》副刊《学文》、《北平晨报》副刊《文艺》等，任教于暨南大学、国立东南大学、北京大学等，兼任国民参政会参政员、国民政府教育部小学教科书组主任等。1949年任台湾师范大学教授。代表作有《雅舍小品》《雅舍杂文》《英国文学史》等，译著丰富，翻译出版了《莎士比亚全集》。

我的一位国文老师 / 梁实秋

　　我在十八九岁的时候，遇见一位国文先生，他给我的印象最深，使我受益也最多，我至今不能忘记他。

　　先生姓徐，名锦澄，我们给他上的绰号是"徐老虎"，因为他凶。他的相貌很古怪，他的脑袋的轮廓是有棱有角的，很容易成为漫画的对象。头很尖，秃秃的，亮亮的，脸形却是方方的，扁扁的，有些像《聊斋志异》绘图中的夜叉的模样。他的鼻子眼睛嘴好像是过分的集中在脸上很小的一块区域里。他戴一副墨晶眼镜，银丝小镜框，这两块黑色便成了他脸上最显著的特征。我常给他画漫画，勾一个轮廓，中间点上两块椭圆形的黑块，便惟妙惟肖。他的身材高大，但是两肩总是耸得高高，鼻尖有一些红，像酒糟的，鼻孔里常常的藏着两桶清水鼻涕，不时地吸溜着，说一两句话就要用力地吸溜一声，有板有眼有节奏，也有时忘了吸溜，走了板眼，上唇上便亮晶晶的吊出两根玉箸，他用手背一抹。他常穿的是一件灰布长袍，好像是在给谁穿孝，袍子在整洁的阶段时我没有赶得上看见，余生也晚，我看见那袍子的时候即已油渍斑斑。他经常是仰着头，迈着八字步，两眼望青天，嘴撇得瓢儿似的。我很难得看见他笑，如果笑起来，是狞笑，样子更凶。

我的学校是很特殊的。上午的课全是用英语讲授，下午的课全是国语讲授。上午的课很严，三日一问，五日一考，不用功便被淘汰，下午的课稀松，成绩与毕业无关。所以每到下午上国文之类的课程，学生们便不踊跃，课堂上常是稀稀拉拉的不大上座，但教员用拿毛笔的姿势举着铅笔点名的时候，学生却个个都到了，因为一个学生不只答一声到。真到了的学生，一部分是从事午睡，微发鼾声，一部分看小说如《官场现形记》《玉梨魂》之类，一部分写"父母亲大人膝下"式的家书，一部分干脆瞪着大眼发呆，神游八表。有时候逗先生开玩笑。国文先生呢，大部分都是年高有德的，不是榜眼、就是探花，再不就是举人。他们授课不过是奉行故事，乐得敷敷衍衍。在这种糟糕的情形之下，徐老先生之所以凶，老是绷着脸，老是开口就骂人，我想大概是由于正当防卫吧。

有一天，先生大概是多喝了两盅，摇摇摆摆地进了课堂。这一堂是作文，他老先生拿起粉笔在黑板上写了两个字，题目尚未写完，当然照例要吸溜一下鼻涕，就在这吸溜之际，一位性急的同学发问了："这题目怎样讲呀？"老先生转过身来，冷笑两声，勃然大怒："题目还没有写完，写完了当然还要讲，没写完你为什么就要问？……"滔滔不绝地吼叫起来，大家都为之愕然。这时候我可按捺不住了。我一向是个上午捣乱下午安分的学生，我觉得现在受了无理的侮辱，我便挺身分辩了几句。这一下我可惹了祸，老先生把他的怒火都泼在我的头上了。他在讲台上来回地踱着，吸溜一下鼻涕，骂我一句，足足骂了我一个钟头，其中警句甚多，我至今还记得这样的一句：×××！你是什么东西？我一眼把你望到底！

这一句颇为同学们所传诵。谁和我有点争论遇到纠缠不清的时候，都会引用这一句"你是什么东西？我把你一眼望到底"！当时我看形势不妙，也就没有再多说，让下课铃结束了先生的怒骂。

但是从这一次起，徐先生算是认识我了。酒醒之后，他给我批改作文特别详尽。批改之不足，还特别的当面加以解释，我这一个"一眼望到底"的学生，居然成为一个受益最多的学生了。

徐先生自己选辑教材，有古文，有白话，油印分发给大家。《林琴南致蔡孑民书》是他讲得最为眉飞色舞的一篇。此外如吴敬恒的《上下古今谈》，梁启超的《欧游心影录》，以及张东荪的时事新报社论，他也选了不少。这样新旧兼收的教材，在当时还是很难得的开通的榜样。我对于国文的兴趣因此而提高了不少。徐先生讲国文之前，先要介绍作者，而且介绍得很亲切，例如他讲张东荪的文字时，便说："张东荪这个人，我倒和他一桌上吃过饭……"这样的话是相当的可以使学生们吃惊的，吃惊的是，我们的国文先生也许不是一个平凡的人吧，否则怎样会能够和张东荪一桌上吃过饭！

徐先生于介绍作者之后，朗诵全文一遍。这一遍朗诵可很有意思。他打着江北的官腔，咬牙切齿的大声读一遍，不论是古文或白话，一字不苟的吟咏一番，好像是演员在背台词，他把文字里的蕴藏着的意义好像都给宣泄出来了。他念得有腔有调，有板有眼，有情感，有气势，有抑扬顿挫，我们听了之后，好像是已经理会到原文的意义的一半了。好文章掷地作金石声，那也许是过分夸张，但必须可以琅琅上口，那却是真的。

徐先生之最独到的地方是改作文。普通的批语"清通""尚可""气盛言宜"，他是不用的。他最擅长的是用大墨杠子大勾大抹，一行一行的抹，整页整页的勾；洋洋千余言的文章，经他勾抹之后，所余无几了。我初次经此打击，很灰心，很觉得气短，我掏心挖肝的好容易诌出来的句子，轻轻的被他几杠子就给抹了。但是他郑重的给我解释一会，他说："你拿了去细细的体味，你的原文是软爬爬的，冗长，懈啦光唧的，我给你勾掉了一大半，你再读读看，原来的意思并没有失，但是笔笔都立起来了，虎虎有生气了。"我仔细一揣摩，果然。他的大墨杠子打得是地方，把虚泡囊肿的地方全削去了，剩下的全是筋骨。在这删削之间见出他的功夫。如果我以后写文章还能不多说废话，还能有一点点硬朗挺拔之气，还知道一点"割爱"的道理，就不能不归功于我这位老师的教诲。

徐先生教我许多作文的技巧。他告诉我："作文忌用过多的虚字。"该转的地方，硬转；该接的地方，硬接。文章便显着朴拙而有力。他告诉我，文章的起笔最难，要突兀矫健，要开门见山，要一针见血，才能引人入胜，不必兜圈子，不必说套语。他又告诉我，说理说至难解难分处，来一个譬喻，则一切纠缠不清的论难都迎刃而解了，何等经济，何等手腕！诸如此类的心得，他传授我不少，我至今受用。

我离开先生已将近五十年了，未曾与先生一通音讯，不知他云游何处，听说他已早归道山了。同学们偶尔还谈起"徐老虎"，我于回忆他的音容之余，不禁还怀着怅惘敬慕之意。

朱永新感悟：

梁实秋是文章大家，创造了中国现代散文著作出版数量的最高纪录，而他的文章艺术无疑受到了徐锦澄老师的影响。徐老师给学生的第一印象就是凶，"老是绷着脸，老是开口就骂人"，"难得看见他笑，如果笑起来，是狞笑，样子更凶"，因此落得一个"徐老虎"的绰号。但是，在看似威严气势汹汹的背后，却是业务精湛、兢兢业业的专家型教师本色。他自己编写新旧兼蓄的教材，给学生声情并茂地朗诵课文，批改作文一丝不苟、特别详尽，"批改之不足，还特别的当面加以解释"。尤其值得点赞的是，他从来不用"清通""尚可""气盛言宜"等简单的评价，而是"用大墨杠子大勾大抹，一行一行的抹，整页整页的勾；洋洋千余言的文章，经他勾抹之后，所余无几了"。他传授文章的起笔诀窍:"要突兀矫健,要开门见山,要一针见血,才能引人入胜,不必兜圈子,不必说套语"。他讲述说理说至难解难分处时的方法:"来一个譬喻,则一切纠缠不清的论难都迎刃而解了",梁实秋坦诚地表示,自己写文章之所以能够不多说废话,有一点点硬朗挺拔之气,应该归功于徐老师的教诲。教师的爱有不同的表现形式,当然,如果徐老师能够更加亲切温和一些,教育的效果可能会更好,师生关系可能会更加融洽。

冯亦代

　　冯亦代（1913—2005），著名文学家、翻译家。1949年后先后担任国际新闻局秘书长兼出版发行处处长、外文出版社出版部主任、英文版《中国文学》编辑部主任、《读书》杂志副主编，曾任全国政协委员、民盟中央委员、中国作协理事等。著有《书人书事》《潮起潮落》《水滴石穿》《听风楼书话》《西书拾锦》《归隐书林》《冯亦代散文选集》《冯亦代文集》（五卷）等。

我的第一个美国老师 / 冯亦代

　　如今，每逢我打开一本英文书时，眼前马上会浮起我那第一位美国老师的神态。一九二九年我从初中毕业，考进了杭州闻名的美国浸礼会学校——蕙兰中学。这个学校以学风端正见称，而特别引人注意的是，它请美国老师直接教授英语。我初中是在杭州安定中学毕业的，这个学校也以英语教学出名；不过它只是一所初中，没有高中，所以我不得不去投考蕙兰中学的高中了。

　　在蕙兰，英文开始读的书，读本是英国作家查理·兰姆的《莎士比亚故事集》和商务印书馆的《泰西五十轶事》，以后则是厚厚的一本《现代世界》。最后一本书我们读了三个学期，是本世界地理书，这除了读英语，还培养了我关心世界大事的习惯。

　　文法书则读《纳氏文法》第三册。这几本书除了《现代世界》，都是英国人编写的，水平比当时一般中学读的较为高深。

　　我对查理·兰姆的《莎士比亚故事集》特别感到兴趣，老师还没有讲完，可是我自己却念完了，所以每次老师测验，我总名列前茅，因此受到老师的注意。我们的美国老师姓埃德加，名字则现在已记不清。她那时已有三四十岁了，身材不高，而体型已经开始发胖了。她性格十分和善，即使对着我们这批毛孩子，她也是十分腼腆的。但是她教书很严格，每逢学生没有准备好功课，或是测验的成绩不好，她总涨红着脸，数说学生们不用功。她的口头禅："祷告上帝，饶恕这批孩子们。"

她是美国浸礼会派来教书的，兼带着传教的任务，所以每逢礼拜日下午，她组成了一个查经班，选了一批英语较为用功的学生去参加；因为她自己不会讲中国话，所以班里都要用英语对话。

我在查经班里曾经闹过一个笑话，这个笑话对于我以后学英语应注意的地方，是十分有用的。那天我们上班时，天忽然乌云四合，不久便下了瓢泼大雨。我当时正在学副词，只记了个副词可以形容动词。于是我说：It's raining hardly。这时埃德加小姐便说：It's raining hard。可是第一次我还没有听明白，再说一句：It's raining hardly。埃德加小姐严肃地看了我一眼，又说一句 It's raining hard。我猛然感觉到自己一定把 hardly 这个字用错了，但还不知道错在哪里。当时我没有再说话，可是心里很不安。下课后埃德加温和地对我说，读书时要勤查字典，明白各个字的不同变化。她不是在班上直接指出我的错误，如果这样做，肯定我下不了台。但是她要我自己发现错误，并由自己改正。这个故事给我的教训颇为深刻，导致我以后有勤查字典的习惯。事情已经过去半个多世纪，但这个教训还深深埋在我的记忆里。每逢我读书不求甚解时，便提醒自己快去查字典，不但对英语如此，就是对汉语也是如此。

从此我和她的感情极为融洽。高中二三年级时，正是中国的"九一八"和"一二八"，学生大都投入爱国救亡运动，我则更是忙碌，担任着杭州学生联合会的宣传工作，但我对于学习英语还是不放松，当然查经班是没有时间去了。有次课后她要回宿舍，我陪她走了一程。她说："我知道你很忙，但我希望你不要把英语荒废掉。对于一种第二国语言，你不用，便很容易忘掉。不过我也觉得你参加学生运动，是应该的。我只有为你祈祷上帝，降福于你。"她曾经希望我做个基督徒，但那时我已接受了一些新思想，因此认为并无必要，她也只能长叹一声，自责她的祈祷不诚，所以我还不是个基督徒。

一九三二年她回国，我到码头送行，她含着眼泪对我说：我将天天给你祈祷，愿上帝降福于你。我和她一直通信到一九三六年，这以后我各地奔波，便断了音讯。但我始终怀念着她。

一九八〇年我去美国，曾向浸礼会探询她的消息，他们给我去查，最后告诉我她已于一九四六年去世。

她是我第一个美国教师，但使我永远不忘的，是她对于我的一番情谊。现在我老了，我总觉得我欠了她些什么，也许就是我不同意她的信仰吧！

朱永新感悟：

　　冯亦代是享有盛名的翻译家，先后翻译介绍了海明威、毛姆、辛格、法斯特等人的作品。这篇《我的第一个美国老师》是他回忆自己的英语启蒙老师埃德加的文章。文章不长，故事也不多，但是一些细节还是反映了这位英语老师的教学风格与方法。如在学生出现错误的时候不是在班上直接指出他的错误，以免让学生难堪，“下不了台”，而是在课后及时提醒学生，尽可能让学生“自己发现错误，并由自己改正”。同时，要求学生“读书时要勤查字典，明白各个字的不同变化”，帮助学生养成勤查字典的习惯。在学生投身爱国救亡的活动后，老师鼓励他“不要把英语荒废掉。对于一种第二国语言，你不用，便很容易忘掉”。冯先生日后成为一代翻译大家，与那个时期受的教育和养成的学习习惯，有着密切的关系，这也是他一辈子没有忘记这位英文老师的重要缘故。

韦君宜

　　韦君宜（1917—2002），毕业于清华大学哲学系。曾任《人民文学》杂志副主编，作家出版社总编辑，人民文学出版社总编辑、社长，中国文联第四届委员、中国作协文学期刊工作委员会主任。著有长篇小说《母与子》《露沙的路》，中篇小说《洗礼》，中短篇小说集《女人集》《老干部别传》《旧梦难温》，散文集《似水流年》《故国情》《海上繁华梦》《我对年轻人说》和长篇回忆录《思痛录》等。

不能忘记的老师／韦君宜

人不能忘记真正影响过自己的人。

我写过好几位教过我的老师，包括大学的，中学的，小学的。田畯是影响我最大的老师，他是南开的，但是南开却不记得他。那些有功于校的老教师名单里没有他。

他是在我进高中一年级时，到南开教书的，教国文。人很矮，又年轻。第一次进教室，我们这群女孩子起立敬礼之后，有人就轻轻地说"田先生，您是……"

他毫不踌躇地拿起粉笔，就在黑板上写了："田畯，燕京大学文学士"几个字作为自我介绍，接着就讲课了。

他出的第一个作文题是《一九三一年的中国大水灾》。我刚刚学发议论，刚做好交上去，"九一八"就爆发了。他又出了第二题，没有具体题目，要我们想想，"写最近的大事"。

于是我写了一篇《日祸记闻》（我找了报纸，费了很大劲），田先生只点点头说："写听来的事，也就这样了。"他要求的当然比这高。

我们有南开中学自编的国文课本，同时允许教师另外编选。田先生就开始给我们讲上海左翼的作品：丁玲主编的《北斗》，周起应（周扬）编的《文学月报》，然后开始介绍鲁迅，介绍鲁迅所推荐的苏联作品《毁灭》，还有《士敏土》《新俄学生日记》等等。他讲到这些书，不是完全当文学作品来讲的。讲到茅盾的《幻灭》《动摇》《追求》三部曲时，他说："现在的女孩子做人应当像章秋柳、孙舞阳那样开放些。当然，不必像那样浪漫了。"

我是个十分老实的学生，看了左翼的书，一下子还不能吃进去。有的同学就开始写开放的文章了，记得比我高一班的姚念媛，按着丁玲《莎菲女士的日记》的路子，写了一篇《丽嘉日记》。

我们班的杨刱琪写了篇《论三个摩登女性》，都受到田先生赞赏，后来发表在南开女中月刊上。我的国文课（包括作文）一向在班上算优秀的，可是到了这时，我明白自己是落后，不如人了。

田先生越讲越深，他给我们讲了什么是现实主义，什么是浪漫主义。我才十六岁，实在听不大懂，可是我仔细听，记下来，不懂也记下来。半懂不懂的读后感都记在笔记本上了，交给田先生。

他看了，没有往我的本子上批什么，只是在发本子的时候告诉我："写 note 不要这样写法。"还告诉我，读了高尔基，再读托尔斯泰，读契诃夫吧。

田先生对于我，是当作一个好孩子的吧。

他在我的一篇作文上批过"妙极，何不写点小说"。可是他没有跟我说过一句学业之外的话。

在教书中间，他和男中的另外两位进步教师万曼、戴南冠共同创办了一个小文学刊物，叫《四月》，同学们差不多都买来看了。我看了几遍。终于明白田先生写的文章和我相差一大截。

我是孩子，孩子写得再好也是孩子，我必须学会像田先生那样用成人的头脑来思考。

到高中二年级，田先生教二年甲组，我被分到乙组，不能常听田先生的课了，但是甲组许多情况还是知道的。

田先生常叫她们把教室里的课桌搬开，废除先生讲学生听的方式，把椅子搬成一组一组的，大家分组讨论，教室里显得格外生动有趣。后来她们班的毛同学当选了女中校刊的主编，把校刊办得活跃起来了。

开始时是谈文学，谈得很像那么一回事，估计是田先生指导的。到后来她们越谈越厉害，先对学校的一些措施写文章批评，后对天津市内的（当然是国民党统治下的）政治形势嬉笑怒骂，直至写文章响应市内工厂的罢工，鼓动工人们"起来啊，起来"。闹得学校当局再也忍不住了（再这么下去，学校也没法存在了），把毛她们三个活跃分子开除了。同时，他们认为是田聪他们三个教师在背后煽动的，把三个教师解了聘。

我看不出来田先生在这里边起了什么作用，只是对他的离职惋惜不已。我刚刚对田先生教给的左翼文学尝到一点味儿，还只知看看，还没想到自己动手干。

但是已经不用田先生把着手告诉怎么找书了，已经会自己去找书看，会自己去订阅杂志了。我刚抬脚，还不会起步。

已被开除的先进分子毛跟我谈起田先生，她说："作为教书的教师，他是个好教师。可是，要作为朋友，他并不怎么样。"

那时候我还不懂田先生怎么又成了她的"朋友"。后来过了很久，我才明白她那时已经是一个地下组织的成员了，田先生么，该是她的"朋友"，即同志，实际上女中的活动就是她们地下组织的活动，并不是一个教师煽动的，学校当局也没有弄清。我太幼稚，没有资格要求田先生做我的"朋友"，但是我由一个什么也不懂的女孩成为知道一点文学和社会生活的青年，的确得感谢田先生，他是我的好老师。

我一直怀着感激的心情想着田先生。

后来只在一个讲教学的刊物上见过田先生的名字，在河南一个文学刊物上见过万曼先生的名字，再就没有消息了。我总在猜测，他们几位大概进入了文学界了。想起他们，我老是以为他们不会湮没无闻的。常想着将来能再见。

后来，一直过了二十多年，国家经过了天翻地覆的变化，我也已经成了中年人，被调进了作家协会。对于文学知道还不算多，该接受的教训倒学会了不少。从前对于文学那股热劲也消磨得差不多了。

有一天，在作家协会的《文艺学习》编辑部里，忽然说有一个姓田的先生来了，在公共会客室正等着我。我进门一怔，简直认不清了，但是马上又认得了，竟是田先生。

他很客气地说知道我在这里，他来是想请我到他们学校去作一次报告，就是讲一次文学课。

原来这几十年他还在教书，仔细一问，在石油勘探学校里教文学。没有想到，怎么会在石油学校去教文学？要知道我现在已经属于文艺界了，而文艺界那个气氛人们都知道。我怎么敢到外边去乱吹，讲文学？

"田先生，我……我……"我简直说不上来。只好吞吞吐吐回答："我怎么能到您那里去讲文学？您还是我老师。"

田先生却痛快地说："怎么不能啊！青出于蓝嘛。"

我没法，只能说："我没有学好，给老师丢丑……而且……而且您看，我肚子这么大了。"那时我正怀着孕。

他没法勉强。这次会见，就这么简单地结束。

我一面谈着话，一面心里就猜，田先生大概这些年还保持着他年轻时对于文艺界的美好幻想，而且看见《文艺学习》刊物上我的名字，就以为我已经踏进了那个美好幻想里，所以来找我，叫我千言万语也说不清。

但是我敬仰的田先生，领着我们敲左翼文学大门的先生，怎么能湮没呢？他的功劳怎么没人提起呢？

后来我曾经想请田先生参加作协举办的文学活动，但是迟迟没有找到合适的题目。后来呢，又过了一阵，文艺界内的气氛越来越紧张了。田先生忽然给我来了一封信，说他一向佩服诗人艾青，想必我会认识艾青，请我给介绍介绍。

那些天，正好是艾青同志倒霉挨骂的时候，我刚刚参加过批判艾青的内部会议。还在艾青同志屋里听他诉过苦，这怎么答复啊？属于"外行"的田先生，哪里会明白这些内情，我这个做学生的，又怎好贸然把这些话告诉田先生。

紧接着是批判《武训传》，批俞平伯、批胡风，直到批右派，我自己也被送下乡，刊物也关门了。田先生幸喜与诸事无关，就不必多谈了。

我竟然无法答报师恩，竟然无法告诉他："田先生，你落后了，做学生的要来告诉你文学是怎么回事了。"

这是胡扯，他不是落后，我想他还是和从前一样，把左翼文学园地看作一块纯洁光明的花园，这对于他来说，其实是幸福的。他仍然是忠于自己事业的老教师，并没有人掐着他的脖子叫他怎样讲文学。

当然，紧接着文艺界这些不幸，这样关心文学事业的田先生，不会一直听不见看不见。不幸的是我，不能再和他细谈。

我默默不能赞一词，竟眼看着我本以为应当光华四射的老师终于湮没。我胡思乱想，整夜睡不着，有时想，真不如那时候田先生不教我，不让我知道什么左翼文学，早没有这位先生多好。

有时候又想起十六岁的时候，这位影响我最深的先生，我怎能忘掉。

到现在我来提笔怀念田先生，是没有什么可顾虑的时候了，可是算一算他该已八十几岁，谁知道还在不在人世啊。

朱永新感悟：

　　韦君宜是一位著名的作家，也是一位杰出的出版家，曾经组织出版了一大批优秀的文学作品，培养了一大批享誉中国文坛的优秀作家。我读过冯骥才先生的《凌汛：朝阳门内大街166号》，其中就讲述了韦君宜对他母亲般的关心和帮助。在韦君宜的身上，无疑有着她的老师田聪的影子。田老师是韦君宜在南开中学时的高中语文老师，他在课堂上给学生推荐了包括鲁迅在内的许多左翼作家的作品，而且不是简单地把这些作品完全当文学作品教授，鼓励学生学习书中的人物，如鼓励女学生像茅盾小说中的章秋柳、孙舞阳那样，勇敢地向旧世界宣战。田先生的教学方法也别具一格，他经常让学生把教室里的课桌搬开，"废除先生讲学生听的方式，把椅子搬成一组一组的，大家分组讨论，教室里显得格外生动有趣"，这是21世纪的今天才开始流行的分组合作教学方法。田老师善于因材施教，创办文学刊物，宣传进步思想，鼓励韦君宜从事小说创作。文章最后谈到田老师邀请自己曾经的学生为现在的学生讲座的几个细节，让人唏嘘不已，但依然让我们看到了一位"忠于自己事业的老教师"痴心不改的教育情怀。

苏叔阳

　　苏叔阳（1938—2019），河北保定人，著名作家。曾任教于中国人民大学等高校。历任中国作协理事、中国电影家协会副主席、北京人民艺术剧院荣誉编剧、中国国际交流协会理事、夏衍电影学会副会长等。著有影视作品《周恩来伟大的朋友》《新龙门客栈》，话剧《丹心谱》《左邻右舍》，散文《树叶集》《我们的母亲叫中国》《中国读本》，小说《旋转餐厅》《老舍之死》《故土》，诗歌《世纪之歌》《关于爱》《等待》，等等。多次获得国家图书奖、"五个一"工程奖、华表奖、文华奖、金鸡奖、人民文学奖等，2010年7月获得联合国艺术贡献特别奖。

理想的风筝 / 苏叔阳

春天又到了。

柳枝染上了嫩绿，在春风里尽情飘摆，舒展着自己的腰身。连翘花举起金黄的小喇叭，向着长天吹奏着生命之歌。而蓝天上，一架架风筝在同白云戏耍，引动无数的人仰望天穹，让自己的心也飞上云端。

逢到这时候，我常常不由自主地想起我的刘老师，想起他放入天空的风筝。

刘老师教我们历史课。

他个子不高，微微发胖的脸上有一双时常眯起来的慈祥的眼睛，一头花白短发更衬出他的忠厚。他有一条强壮的右腿。而左腿，却从膝以下全部截去，靠一根被用得油亮的圆木拐杖支撑。这条腿何时、为什么截去，我们不知道。只是有一次，他在讲课的时候讲到女娲氏补天造人的传说，笑着对我们说："……女娲氏用手捏泥人捏得累了，便用树枝沾起泥巴向地上甩。甩到地上的泥巴也变成人，只是有的人，由于女娲甩的力量太大了，被摔到地上摔丢了腿和胳膊。我就是那时候被她甩掉了一条腿的。"教室里自然腾起一片笑声，但笑过之后，每个学生的心头都飘起一股酸涩的感情，同时更增加了对刘老师的尊敬。

他只靠着健壮的右腿和一支圆木棍，一天站上好几个小时，为我们讲课。逢到要写板书的时候，他用圆木棍撑地，右腿离地，身体急速地一转，便转向黑板。写完了粗壮的粉笔字，又以拐杖为圆心，再转向讲台。一个年过半百的老师，一天不知要这样跳跃旋转多少次。而他每次的一转，都引起学生们一次激动的心跳。

他的课讲得极好。祖国的历史，使他自豪。讲到历代的民族英雄，他慷慨陈词，常常使我们激动得落泪。而讲到祖国近代史上受屈辱的岁月，他自己又常常哽咽，使我们沉重地低下头去。后来，我考入了历史学系，和刘老师的影响有极大的关系。

他不喜欢笔试，却喜欢在课堂上当众提问同学，让学生们述说自己学习的心得。我记得清楚极了：倘若同学回答得正确、深刻，他便静静地伫立在教案一侧，微仰着头，眯起眼睛，细细地听，仿佛在品味一首美妙的乐曲，然后，又好像从沉醉中醒来，长舒一口气，满意地在记分册上写下分数，亲切、大声地说："好！五分！"倘若有的同学回答得不好，他就吃惊地瞪大眼睛，关切地瞧着同学，一边细声说："别紧张，想想，想想，再好好想想。"一边不住地点头，好像那每一次点头都给学生注入一次启发。这时候，他比被考试的学生还要紧张。这情景，已经过去了将近三十年，然而，今天一想起来，依旧那么清晰，那么亲切。

然而，留给我印象最深的，还是刘老师每年春天的放风筝。

北方的冬季漫长而枯燥。当春风吹绿了大地的时候，人们的身心一齐苏醒，一种舒展的快意便浮上心头。当没有大风、而且晴朗的日子，刘老师课余便在校园的操场上，放起他亲手制作的风筝。

他的风筝各式各样：有最简单的"屁帘儿"，也有长可丈余的蜈蚣，而最妙的便是三五只黑色的燕子组成的一架风筝。他的腿自然不便于奔跑，然而，他却绝不肯失去亲手把风筝送入蓝天的欢乐。他总是自己手持线拐，让他的孩子或学生远远地擎着风筝。他喊声："起！"便不断抻动手中的线绳，那纸糊的燕子便抖起翅膀，翩翩起舞，直蹿入云霄。他仰望白云，看那青黑的小燕在风中翱翔盘旋，仿佛他的心也一齐跃上了蓝天。那时候，我常常站在他旁边，看着他的脸，那浮在他脸上甜蜜的笑，使我觉得他不是一位老人，而是一个同我一样的少年。

当一天的功课做完，暮色也没有袭上校园的上空，常常有成群的学生到操场上来参观他放风筝。这时候，他最幸福，笑声朗朗，指着天上的风筝同我们说笑。甚而至于，有一次，他故意地撒脱手，让天上飞舞的纸燕带动长长的线绳和线拐在地上一蹦一跳地向前飞跑。他笑着、叫着，拄着拐杖，蹦跳着去追赶绳端，脸上飘起得意和满足的稚气。那天，他一定过得最幸福、最充实，因为他感到他生命的强壮和力量。

这情景使我深深感动。一个年过五十身有残疾的老师，对生活有着那样纯朴、强烈的爱与追求，一个活泼泼的少年又该怎样呢？

不见到他已经近三十年了，倘使他还健在，一定退休了。也许，这时候又会糊风筝，教给自己的子孙，把那精致的手工艺品送上天去。我曾见过一位失去了一条腿的长者，年复一年被断腿钉到床上，失去了活动的自由。我希望他不至于如此，可以依旧地仰仗那功德无量的圆木棍，在地上奔走，跳跃，旋转，永远表现他生命的顽强和对生活的爱与追求。然而，倘使不幸他已经永远地离开了我……不，他不会的。他将永远在我的记忆里行走、微笑，用那双写了无数个粉笔字的手，放起一架又一架理想的风筝。那些给了我数不清的幻梦的风筝将陪伴着我的心，永远在祖国的蓝天上滑翔。

刘老师啊，你在哪里？我深深地、深深地思念你……

朱永新感悟：

苏叔阳先生是京味小说八大家之一，也是著名的散文家。他撰写的《中国读本》以 15 种文字出版，在世界各国发行超过 1200 万册，成为中国图书"走出去"的典范。这篇《理想的风筝》被收入多种语文课本，表达了苏叔阳对一位中学历史老师的思念与崇敬。刘老师是一位残障人，但是，他对生活有着纯朴而强烈的爱与追求，对学生有着朴素而真诚的爱与关心，他对自己残疾身体的幽默调侃，表达了他达观与自信的态度；他具有强烈的爱国主义情怀，溢于言表："讲到历代的民族英雄，他慷慨陈词，常常使我们激动得落泪。而讲到祖国近代史上受屈辱的岁月，他自己又常常哽咽"；他注重启发学生的思维，通过提问训练学生的口头表达能力；他善于欣赏学生的优秀表现，如果同学的回答正确而深刻，他会"静静地伫立在教案一侧，微仰着头，眯起眼睛，细细地听，仿佛在品味一首美妙的乐曲"，如果有的同学回答得不好，他也有足够的耐心，一边"吃惊地瞪大眼睛，关切地瞧着同学"，一边细声说："别紧张，想想，想想，再好好想想。"至于文章中那个放风筝的故事，更是反映了刘老师的童心童趣与乐观精神。苏叔阳后来报考中国人民大学历史系，以及在身患多种癌症的情况下仍然能够保持乐观、坚强、自信的精神，顽强与病魔斗争，无疑是深受这位刘老师的影响的。

史铁生

　　史铁生（1951—2010），著名作家。曾任中国作家协会全国委员会委员，北京作家协会副主席，中国残疾人联合会副主席。著有《灵魂的事》《我与地坛》《命若琴弦》《我的遥远的清平湾》等，《史铁生全集》按体裁收录了其小说、散文随笔、剧本诗歌等12卷。长篇小说《我的丁一之旅》入选"新中国70年70部长篇小说典藏"。

纪念我的老师王玉田 / 史铁生

9月8号那天，我甚至没有见到他。老同学们推选我给他献花，我捧着花，把轮椅摇到最近舞台的角落里。然后就听人说他来了，但当我回头朝他的座位上张望时，他已经倒下去了。

他曾经这样倒下去不知有多少回了，每一回他都能挣扎着起来，回到他所热爱的学生和音乐中间。因此全场几百双眼睛都注视着他倒下去的地方，几百颗心在为他祈祷，期待着他再一次起来。可是，离音乐会开始还有几分钟，他的心弦已经弹断了，这一次他终于没能起来。

唯一可以让他的学生和他的朋友们稍感宽慰的是：他毕竟是走进了那座最高贵的音乐的殿堂，感受到了满场庄严热烈的气氛。舞台上的横幅是"王玉田从教三十五周年作品音乐会"——他自己看见了吗？他应该看见了，同学们互相说，他肯定看见了。

主持人走上台时，他在急救车上。他的心魂恋恋不去之际，又一代孩子们唱响了他的歌；恰似我们当年。纯洁、高尚、爱和奉献，是他的音乐永恒的主题；海浪、白帆、美和创造，是我们从小由他那儿得来的憧憬；祖国、责任、不屈和信心，是他留给我们永远的遗产。

我只上过两年中学，两年的班主任都是他——王玉田老师。那时他二十八九岁，才华初露，已有一些音乐作品问世。我记得他把冼星海、聂耳、格琳卡和贝多芬的画像挂在他的音乐教室，挂在那进行教改探索：开音乐必修课、选修课；编写教材，将歌曲作法引进课堂；组织合唱队、军乐队、舞蹈队、话剧队……工作之余为青少年创作了大量优秀歌曲。如果有人诧异，清华附中这样一所以理工科见长的学校，何以他的学生们亦不乏艺术情趣？答案应该从附中一贯的教育思想中去找，而王老师的工作是其证明之一。要培养更为美好的人而不仅仅是更为有效的劳动力，那是美的事业……在这伟大（多少人因此终生受益）而又平凡（多少人又常常会忘记）的岗位上，王老师35年如一日默默无闻地实现着他的理想。35年过去，他白发频添，步履沉缓了……

9月8日，我走进音乐厅，一位记者采访我，问我：王老师对你有怎样的影响？

我说我最终从事文学创作，肯定与我的班主任是个艺术家分不开，与他的夫人是我的语文老师分不开。在我双腿瘫痪后，我常常想起我的老师是怎样对待疾病的。

音乐会进行到一半的时候，主持人报告说：王老师被抢救过来了！每个人都鼓掌，掌声持续了几分钟。

那时他在急救中心，一定是在与病魔作着最艰难的搏斗。他热爱生命，热爱着他的事业。他曾说过："我真幸福，我找到了一个最美好的职业。"

　　据说他的心跳和呼吸又恢复了一会儿。我们懂得他，他不忍就去，他心里还有很多很多孩子们——那些还没有长大的孩子，和那些已经长大了的孩子——所需要的歌呢。

　　音乐会结束时，我把鲜花交在董老师手中。

　　一个人死了，但从他心里流出的歌还在一代代孩子心中涌荡、传扬，这不是随便谁都可以享有的幸福。

　　安息吧，王玉田老师！

　　或者，如果灵魂真的还有，你必是不会停歇，不再为那颗破碎的心脏所累，天上地下你尽情挥洒，继续赞叹这世界的美，浇灌这人世的爱……

朱永新感悟：

　　著名作家韩少功在评价史铁生的时候曾经说过：他是一个生命的奇迹，"在漫长的轮椅生涯里至强至尊，一座文学的高峰，其想象力和思辨力一再刷新当代精神的高度，一种千万人心痛的温暖，让人们在瞬息中触摸永恒，在微粒中进入广远，在艰难和痛苦中却打心眼里宽厚地微笑"。读过史铁生作品的人都会有这样的感受，他是对生命有着深度思考的作家。而这样的思考与风格，无疑与他的班主任兼音乐老师王玉田以及他的夫人、史铁生的语文老师董老师有关。在一个以理工科见长的学校里，史铁生有幸遇见了王玉田这样对艺术充满热情的老师，他把关于纯洁、高尚、爱和奉献的音乐教给学生，让他们对海浪、白帆、美和创造产生憧憬，形成了对祖国的爱、责任心、坚强不屈的意志力和对生活的信心。而史铁生能够和病魔斗争的精神，更是直接受王玉田老师的榜样激励。"一个人死了，但从他心里流出的歌还在一代代孩子心中涌荡、传扬，这不是随便谁都可以享有的幸福。"史铁生这样评价自己的老师。其实，史铁生也是这样的一位"老师"，虽然他离开我们10多年了，他的著作仍然受到人们的喜爱，他的精神也会在一代代孩子心中涌荡、传扬。

李镇西

　　李镇西（1958—　），苏州大学教育哲学博士，语文特级教师，新教育研究院院长。曾获"全国中青年十杰教师"提名奖、"全国优秀教育工作者""全国中学语文学术领军人物"等荣誉称号。出版有《爱心与教育》《走进心灵》《幸福比优秀更重要》《自己培养自己》《教育的100种可能》等近90部作品。其中，《爱心与教育——素质教育探索手记》获中宣部"五个一"工程奖等奖项，《走进心灵：民主教育手记》获第十二届中国图书奖。

"长大后我就成了你" / 李镇西

一

"你就是刚转来的?"我至今还清楚地记得,1975年8月底,我在老家仁寿读完高一,转学到乐山五通桥中学时,班主任张老师便用这句并不算热情的话迎接我。我一抬头:三十多岁,高个,椭圆脸,一双美丽的眼睛微微凹进去,鼻梁便更显挺拔。我想到了电影里的外国女郎。其实张老师的装束很朴素:白衬衣、浅色裤子、白凉鞋。

我点点头。张老师不再说什么,向我一招手便径自朝教室走去,我胆怯地跟在后边,心想:"这个老师好像有些冷淡。"

虽说第一印象不太好,但张老师很快便征服了我。她富有魅力的教学艺术,使枯燥的物理课妙趣横生。张老师性格特别耿直率真,待人直爽、坦荡、热诚,没有半点客套(我之前感到的所谓的"冷淡",纯属我的错觉)。张老师由衷地爱自己的学生,但并不是口头的问寒问暖或婆婆妈妈地管个没完。她随和、豁达、不拘礼节,使每个同学都与她亲密无间。渐渐地,我当然也和张老师"没大没小"起来。

"张老师，帮我缝一床被子！"开学第一天报完名，我抱着被褥大大咧咧地闯进了张老师的家。

"你会找人呢！——下午四点钟来拿吧。"她很爽快地答应了。

下午到点，我准时来取，却见同班一女同学在给我缝被子，张老师在一旁备课。那年头的中学生，男女界限特别严明，我红着脸说："张老师连被子也不会缝！"

张老师听了，有点"恼羞成怒"："你这鬼娃儿，帮了你的忙还要说我！"

其实，我早就听说张老师不会做家务：煮面用冷水，切豇豆一根一根地切……看来是真的了。

二

到现在我也不知道是为什么——也许是我的成绩好，尤其是物理成绩特别好吧，反正张老师喜欢我并特别信任我，我因而十分得意。我会写作文，于是，班上的学工挑战、支农申请、学期总结等，张老师统统交给我。她还不止一次地当着我的面，向其他老师夸耀："这是我班的秀才！"

所以，"批邓反击右倾翻案风"时，上面要求各班成立"17年修正主义教育路线罪行调查小组"，我自然被张老师"委任"为组长。

受命之后，自然要有成果，但这个"重任"把我难住了：

我没有受过"17年教育"（这里解释一下，所谓"17年教育"指的是1949年到1966年期间的"修正主义教育"），到哪里去调查呢？想来想去，我想到一个自认为很"对口"的调查对象：张老师。张老师不是"文革"前大学毕业的吗？而且可以推断，她小学中学也受的是"修正主义教育"，找她调查不就可以了吗？

于是，一天傍晚吃完晚饭，我气宇轩昂地来到了张老师的家。她听我说明来意，也忍不住笑了："你还会找呢？找到我头上来了！"我说："不找你找谁呢？你接受的不正是修正主义教育吗？"

我们聊了起来，她认真地回忆，我认真地用钢笔记录。我一边记，一边咬牙切齿："这修正主义教育路线可真是害死人哪！"张老师说的是什么呢？记得当时她给我讲过一个"修正主义教育路线害人"的例子，她说她在读大学（西南师范学院）的时候，同系有一个男生，俄语特别好，便到图书馆偷偷看俄文原版的《真理报》，那正是1963年前后，中苏论战正在激烈地进行，这个男生的行为被发现后，成为一个极为严重的政治事件，最后遭受了"待分配"的处分——那个年代，这已经是很严重的处分了，因为当时国家对大学生包分配，而"待分配"则不知哪年哪月才会被"分配"，所以"待分配"就像八十年代的"待业"一词一样，其实就是失去了工作。记得张老师讲到这件事的时候，语气里不无惋惜，但她仍然似乎是言不由衷地补充道："这就是修正主义教育路线对人的毒害！学了俄语不好好为人民服务，而是里通外国。"

我听了之后，也唏嘘不已。

三

张老师一直非常欣赏并信任我，对我很好。其实张老师并不是只对我一个人好，她真诚而平等地爱着每一个学生，也绝不容忍有学生不尊重别人。我曾为了取笑班上一位年龄较大的农村同学，在他桌子上赫然写下一行毛笔字："祝你安度晚年！"张老师知道后异常愤怒，当着全班指着我的鼻子勃然大怒道："李镇西！你简直被我惯坏了！……"我伏在桌上痛哭不已。

太不给我面子了，太伤我自尊心了！以后几天我都不理张老师。过了好久，我自觉惭愧，面对张老师，鼓起勇气喊了一声："张老师……"

"怎么？还是要理我啊？"从此张老师不再提起此事。张老师虽然是女教师，但非常爽快利落，绝不拖泥带水，甚至连"苦口婆心"和"语重心长"都很少，更不会像有的老师那样，学生犯了错误便长时间"谈心"，还一个劲儿地追问："你为什么要这样做？你当时是怎么想到？动机是什么？"孩子犯错，很多时候是糊里糊涂做了就做了，哪会想那么多？张老师也从不让犯错学生请家长。这就是张老师的风格。

教语文的林老师也对我特别好，因为我的作文写得好，但我的好朋友孙涛却特别讨厌林老师。一次，林老师批评了孙涛，孙涛特别郁闷。为了帮孙涛出气，我便画了一幅丑化林老师的漫画，托老实忠厚的张天贵同学悄悄丢进他的提包。第二天，张老师叫我去她办公室。我惊讶于张老师如此洞若观火，怎么会如此快捷精准地判断是我画的呢？去的路上，我一直在想如何给张老师认错。结果，张老师不是怀疑我，她叫我去竟是让我帮她破案！

"你暗中观察一下，看是哪个画的……"张老师充满信任地委我以重任。她第一个怀疑的对象就是孙涛，因为她知道孙涛对林老师一直不满。她当然知道孙涛是我的好友，但她还是信任我，要我好好观察一下孙涛。我心虚，但居然每天都向张老师汇报："好像是孙涛，但又拿不准，我再观察观察……"时间一久，张老师放弃了追查，但始终没有怀疑过我，因为她多次夸我："你很单纯，也很聪明。"直到毕业，张老师都不知道她信任的"福尔摩斯"正是"作案者"。

四

毕业前夕，学校要求各班写"强烈要求"上山下乡的《申请书》。说来好笑，作为一项政策，当时的高中毕业生必须到农村去，这和"申请"没有关系，你不"申请"也必须去！但上面偏要这样装模作样地走走过场——这么多年来，无数中国人都这样"被自愿"过。写申请书的任务，当然就落在我的身上了！这样的公文，我是驾轻就熟，一气呵成。具体文字现在记不清了，反正都是些当时流行的豪言壮语，结尾我隐约记得，大约是说，亲爱的党啊，请考验我们吧！让我们到农村去，滚一身泥巴，炼一颗红心，扎根农村一辈子，让共产主义鲜红的太阳照彻全球！

申请书写完了，就该让全班同学签名。我想都没想，便签上了自己的名字，而且是排在最前面，第一个。结果被张老师"批评"："怎么能你先签名呢？应该由团支部书记朱桂兰签第一个名嘛！"我一下感到了自己的"僭越"，脸红了。张老师却看着我，一脸坏笑。原来她是在"幽我一默"呢！

说到毕业，我的心又开始揪了起来，因为最最使张老师伤心的，莫过于毕业那天——

当张老师发下毕业证离开之后，班上早已"誓不两立"的两派同学便展开了"最后的决战"——双方人马大打出手，教室里一片混战。我个矮且胆小，不敢去肉搏，便通风报信，煽风点火，调兵遣将，推波助澜，直到我方大获全胜。

离校时，我想起了去向张老师告别。一推开张老师的家门，我却愣住了——

张老师面窗而坐，右手撑着耷下的头，几乎伏在写字台上的身子正一抽一搐地颤动！桌上的镜子反映出张老师的面容：张老师在无声地流泪！一颗颗泪珠从她美丽的脸庞上洒落下来，桌面已湿了一片……

面对张老师的背影，我嗫嚅道："张老师……"

张老师一动不动，用颤抖无力的声音说："我……已不是……你们的老师了！想不到……你们会这样，来与我……告别……"

无地自容！我什么也说不出了。默默地站在张老师身后，痛苦地久久凝视着张老师的背影……

——我永远也忘不了这个背影！

不知站了多久，我把打算赠给张老师的一幅名为《延安颂》的画悄悄放在屋子靠门的墙边，便退了出去。

"张老师不爱我了！我失去了我的张老师了！"我一遍又一遍含着眼泪在心里对自己说。

……

我决定暂时不回老家，而在同学家里住几天。我一定要当面给张老师认错，再向她告别。几天后，我又来到学校，见到了张老师，她的气已经消了许多。我真诚地表达了我的悔恨，张老师原谅了我。

我给张老师深深鞠了一躬，不仅仅是谢意，更有歉意。然后，告别了张老师，乘公共汽车回到我的老家。

五

一年后，已经下乡当知青的我回去看过张老师。那一次，我鼓起勇气对张老师说："张老师，高中时你要我破的那个画林老师漫画的案子，我已经破了。作案者就是我。"张老师很惊讶："真没想到是你！"但她没有生我的气，只是说："马上去给林老师道歉！人家林老师对你那么好！"于是，张老师陪着我，来到林老师家。我真诚地向林老师道歉。林老师宽厚地笑笑："呵呵，过了这么久的事，不说了不说了。"写到这里，我不禁怀念已经去世多年的林老师——对不起啊，亲爱的林老师！

　　再后来，我考上大学了，去学校报到前又去看了张老师。张老师自然很欣慰，她说我们76年高中毕业的这个年级，只考上两个，一个是我，考上的四川师范学院；另一个是张一成，考上的是重庆建筑工程学院。

　　但张老师很奇怪我为什么要考中文系，她问："你怎么不考物理系呢？你的物理成绩那么好！"张老师说的是实话，中学时代，我的数理化成绩都很好，特别是物理很拔尖，但骨子里我非常喜欢文学。我对张老师说："我的兴趣在文学。我的物理成绩好，那是因为你教物理。"

　　后来我大学毕业，成了一名中学语文教师，依然常常去看张老师。有时候碰上张老师正在批改物理作业，便要我帮她批改作业——在她心目中，我还是"物理尖子"，其实那时我的物理知识已经忘得差不多了。

　　张老师依然关心着我。有一段时间，特别着急我的"个人问题"，忙着给我介绍对象。记得有一次，她带我去女方家相亲，快到女方家门口，我怎么也不好意思进去了，张老师急了，说："又不是去挨刀！唉，就算是挨刀，你也去挨一刀嘛！有什么大不了的！"

八十年代中期，我去五通桥出差，在四望关的索桥上，和张老师不期而遇。她一见我，居然给我来个军礼！笑死我了，张老师还是那么幽默风趣。我和张老师谈教育，谈社会，谈到当时一些社会现象，我忧心忡忡，向张老师倾诉着我的绝望。张老师说："李镇西，我不担心你犯经济错误，也不担心你犯生活错误，但我担心你犯'政治错误'。说话一定要小心啊！"

再后来，我在教育上有了一些成绩，张老师知道后，颇为欣慰。我也暗自想，我一定不能给张老师丢脸。后来，张老师退休了，我依然至少每年都去看她一次。

六

2007年8月的一天，我突然接到张老师的电话："李镇西，我正在去成都的车上。"我一乐："张老师要来看你女儿？"她说："不，我要定居成都了！"我忙问："你房子在哪里？"她说："九眼桥，锦江边，顺江路……"

我吃惊地几乎跳起来："我也在那里住啊！"

就这么巧，就这么巧！三十多年前，我和张老师以师生关系相识于乐山市五通桥中学校园。当时的我们谁能想到，三十年后，我和张老师居然住在同一个小区，成为名副其实的邻居！

　　其实，张老师本来就是成都市的"土著居民"，她的家原来在庆云南街，好像是我读大学时，张老师回成都，还带我去她家坐过。据说解放前，张老师的家是很有"身份"的家族，但因为"出身不好"，六十年代大学毕业的张老师被"发配"到边远地区，后来才调入五通桥中学，再后来又调入乐山草堂高级中学，退休后又被聘请到乐山更生学校。她也没有想到，退休以后，居然"叶落归根"。

　　这以后，我见张老师就很方便了。有时候在小区门口会碰见张老师散步，或去买菜。每次她都说："你忙，快忙你的去，别耽误你的事了！"虽然见面方便，但的确因为忙，我依然很少去看张老师，一年也就那么两三次吧！但教师节前，我是一定要去看望我的张老师的。

　　张老师不会打麻将，也不会斗地主，现在每天都带外孙女，当保姆，然后就是看书、上网。当年用冷水下面、豇豆一根一根地切的张老师，不但早就学会了开水下面、切豇豆，而且做得一手好菜。有一次，我还收到过张老师的一条短信："红烧肉好了，过来一起吃吧！"

　　虽年过70，但张老师有着年轻人的活力，思维依然敏捷，说话依然风趣。比如我每次去看张老师，张老师都会对着我一脸坏笑："嘿嘿，李校长……"她有时还调侃我："李劳模……"我问她身体如何，她有时回答："现在没发现什么，也许已经有癌症了，只是我暂时不晓得。"我要她别"瞎说"，她却一本正经地说："是暂时不晓得嘛！"有一次去看她，聊起一位去世的老师，然后我问她身体如何，她不动声色地说："快了！"脸上还是一本正经。她这"一本正经"正是她的冷幽默。虽然是玩笑，但张老师对生死真的看透了，非常豁达。不过，张老师的身体其实很好，这让我和同学们很是欣慰。

当然，我们也不只是调侃。一次去看张老师，告别时，她很认真地对我说："李镇西，你还保持着本色！人就应该这样。"我认为，这是张老师对我的肯定，也是对我的最高评价。

七

今天早晨6点多，我开车接上张老师，回到乐山市五通桥区参加我们班高中毕业40周年聚会。所有同学见了张老师，就像见了母亲一样，女同学们激动地扑上去和张老师紧紧拥抱。大家都说张老师没变，"一点都没变"。这还真不是夸张，75岁的张老师，和我们这些年近六十的学生相比，真的差别不大。

有一个细节，让我很感动。中午吃饭时，大家给张老师敬酒，有同学指着我说："李镇西是张老师最得意的学生。"张老师马上纠正："不，每个学生都让我得意！"同为教师，我深知这句话所蕴含的意义：唯有视每一个学生都为"得意"的老师，才是真正而纯粹的教育者。

而张老师确实是对每一个学生都爱。我调到成都市武侯实验中学工作时，有一个叫黄静的同事读了我的《爱心与教育》，看到书的"后记"中我提到感谢的人中有"张新仪老师"，很激动地找到我："李校长，我是张新仪老师九十年代的学生啊！"他直夸张老师"对学生有爱心"。

早晚往返四个小时车程，我一边开车一边和张老师聊天。她说："我从 1963 年大学毕业开始教书，一直到 2007 年，从 22 岁到 66 岁，整整 44 年，教过两年俄语，后来一直教物理，一直当班主任，一天都没有离开过讲台。那天女儿问我，这一辈子最开心的日子是什么时候？我说，还是我当老师和学生在一起的时候最开心。学生总是那么单纯可爱，只有和学生在一起，才会真正快乐。"

我问张老师："那你教了一辈子书，有没有学生恨过你呢？"

张老师想了想，说："嗯，有的。一个学生比较贪玩，我就去家访过他的家长，这个学生对我就不高兴。后来参加工作了，在医院工作，见到我都不理我。"

这是唯一一个长大后都对张老师还耿耿于怀的学生，但张老师显然没有半点错。我说："你去家访是为他好，对他负责，可能他以为你是告他的状。现在好多老师都不家访了。"

张老师却并不认为自己去家访有多么"高尚"，说："以前，老师家访是常规工作。"

过了一会儿，张老师问我："李镇西，你教书这么多年，对学生说过假话或作过什么假没有？"我回忆着，心想要说一点违心的话都没说过是不可能的，我正要回答，张老师却主动说："我做过假。有一个学生来叫我给她开初中毕业证明。她读书时因为成绩不好，并没有拿到毕业证。但工作后因为什么原因，需要一个初中毕业的证明。我想了想，还是给她写了一个证明，拿到学校教务处盖章。我知道这是作假，但人家都已经工作，这个东西也许对她有好处。"

我说："您这个'作假'充满爱心，是为你的这个学生着想。我中学时因故失学，也是我父亲的一个当校长的朋友给我开了一个假的转学证明，使我得以继续学习。不然，我后来不可能考上大学。所以，那次'作假'，改变了我的命运。"

"当老师的，最根本的还是要爱学生。"张老师这句朴素的话，也是贯穿她教育生涯的灵魂。

八

几天前，接到《中国教育报》约稿，要我配合"教师节"宣传写写我的老师。我当即便想到我的张老师。

我对张老师说："我要写你，然后发表到《中国教育报》。"她马上回我，表示推辞："我是极普通的一名教师，就是喜欢和学生打堆。我这个人毛病很多，急躁。没有那么高大上！"

我其实也不认为张老师多么"高大上"，但她的确教书特别棒，所有学生都喜欢听她的课，她能够把物理讲出趣味和魅力，当年我就是因此迷上物理的。我今天参加同学聚会，专门带去了我保留的当年张老师给我批改过的物理作业本。她当班主任，那是真的爱每一个学生，绝无半点功利，更不势利。可是，张老师却不是特级教师，也没当过任何学校的行政职务。她最高的"职务"，就是班主任。

记得有一次我问过她："张老师，你怎么不是特级教师呢？好多特级教师还不如你呢！"

她说："我母亲从小就告诉我，知足常乐。我从不与人争，所以一直很满足。学生们对我都很好，但我从不在乎学生们是否对我'记情'，毕业后是不是要来看我。他们来看我也好，不来看我也好，我都认真教书，因为这是我的工作。教师的一切都是为了学生，而不是为了'上面'。一个老师好不好，最终应该由学生来评价。"

"长大后我就成了你。"张老师也许知道，也许不知道，我当老师，正是自觉不自觉地把张老师当做标杆。像她那样爱学生，像她那样胸襟豁达，像她那样善良宽容，像她那样以教学艺术赢得学生的心，像她那样尊重每一个人……一句话，像她那样真诚热爱自己的事业和学生，做一个平凡而幸福的老师。

因为要写这篇文章，我在微信上便问张老师："您工作几十年，获得过哪些荣誉称号？"她马上回我："好像得了不少！"我问："最高级别是什么？"

她第二天才在微信上给我留言："你问我获得的最高荣誉是哪一级？不好意思，昨晚我查了查，翻了翻，最高级别是市级，其他全是学校发的奖状。无论是三八红旗手、优秀共产党员，还是优秀教师都未超过市级！我从来也没有想过。真的不好意思，我确实没有刻意去追求过荣誉，我只是想把学生带好，希望学生长大后能为社会出力。我没有像你一样从教育学的高度去教育和带领学生。我只是希望我这个班主任的阳光要照到每个学生。不以成绩好坏论英雄。我努力这样做，但做得不好！"

我没有再回复张老师，因为我不知说什么。最近几年，媒体喜欢用"最美"二字来褒奖教师。而我的张老师既没有获得过"最美教师"的称号，也不是"全国劳模""特级教师"，但她显然早就用不着靠堆叠的证书来证明自己的"优秀"，她的全部光荣与尊严，已经印刻在她历届学生温馨的记忆里——

我和张老师44年中所教过的所有学生都可以证明：无论外貌还是内涵，先后在乐山市五通桥区桥沟中学、乐山市五通桥中学、乐山市草堂中学、乐山市更生学校执教的张新仪老师，是中国最美丽、最优秀也最幸福的老师！

2016年9月3日晚（选自李镇西《成长是最好的奖励：教育人物见闻录》，上海：华东师范大学出版社，2019年版，第130—138页）

朱永新感悟：

　　这是一篇一线教师写自己老师的文章。李镇西是一位多产的教育家，他写过多篇回忆老师的文章，如《杨显英：我的启蒙老师》《喻仲坤：举手投足皆语文》《陈明熙：温文尔雅，娓娓动听》《杜道生：泰山北斗》《王必成：甘当人梯》等，作为我的博士生，他也以《朱永新：亦师亦友》为题写过关于我的文字。我最喜欢的是这一篇文章，情真意切，韵味悠长。张老师是李镇西的物理老师，李镇西物理成绩很好，并不是他喜欢物理，而是张老师"富有魅力的教学艺术，使枯燥的物理课妙趣横生"。张老师一直为李镇西没有报考物理专业而遗憾，殊不知这完全是喜欢张老师课的"爱屋及乌"效应。张老师对李镇西影响最大的就是这句话："当老师的，最根本的还是要爱学生。"这句朴素的话不仅是贯穿她教育生涯的灵魂，也是李镇西爱心教育思想的源头活水之一。但是，张老师的爱，不是偏爱溺爱，而是真诚而平等的智慧爱。文章中最感动人的细节，是张老师绝不容忍自己的学生不尊重别人，如当她得知李镇西取笑年长的农村同学时，马上不留情面、"勃然大怒"地批评他："李镇西！你简直被我惯坏了！……"还有毕业多年后有学生说"李镇西是张老师最得意的学生。"她马上纠正:"不,每个学生都让我得意!"

"长大后我就成了你",这是一首赞美老师的歌,也成为张老师影响李镇西教师生涯的真实写照。

第三辑

技艺之师

这一辑收录的五篇文章，都是关于职业教育学校老师的回忆文章。其中鲁迅和夏衍分别是医科与工科，梅兰芳和丰子恺分别是戏剧和美术，另外收录了一篇私塾老师的回忆文章。用"技艺之师"作为辑名，并不是说这些老师教授的只是技艺，而是特别强调了职业教育自身的特点。这些老师的故事告诉我们：所有的优秀老师都是"人师"而不是"经师"，职业教育同样需要甚至更加需要人文精神。

鲁迅

鲁迅（1881—1936），著名文学家、思想家和
教育家。曾任教于北京大学、北京高等师范学校、
厦门大学、中山大学等。中国左翼作家联盟常务委
员，应蔡元培之邀加入中国民权保障同盟。著作
主要有：小说集《呐喊》《彷徨》《故事新编》等，
散文集《朝花夕拾》，散文诗集《野草》，杂文集
《坟》《热风》《华盖集》《华盖集续编》《南腔北调
集》《三闲集》《二心集》《而已集》等。

藤野先生 / 鲁迅

东京也无非是这样。上野的樱花烂熳的时节，望去确也像绯红的轻云，但花下也缺不了成群结队的"清国留学生"的速成班，头顶上盘着大辫子，顶得学生制帽的顶上高高耸起，形成一座富士山。也有解散辫子，盘得平的，除下帽来，油光可鉴，宛如小姑娘的发髻一般，还要将脖子扭几扭。实在标致极了。

中国留学生会馆的门房里有几本书买，有时还值得去一转；倘在上午，里面的几间洋房里倒也还可以坐坐的。但到傍晚，有一间的地板便常不免要咚咚咚地响得震天，兼以满房烟尘斗乱；问问精通时事的人，答道："那是在学跳舞。"

到别的地方去看看，如何呢？

我就往仙台的医学专门学校去。从东京出发，不久便到一处驿站，写道：日暮里。不知怎地，我到现在还记得这名目。其次却只记得水户了，这是明的遗民朱舜水先生客死的地方。

仙台是一个市镇，并不大；冬天冷得厉害；还没有中国的学生。

大概是物以希为贵罢。北京的白菜运往浙江，便用红头绳系住菜根，倒挂在水果店头，尊为"胶菜"；福建野生着的芦荟，一到北京就请进温室，且美其名曰"龙舌兰"。我到仙台也颇受了这样的优待，不但学校不收学费，几个职员还为我的食宿操心。我先是住在监狱旁边一个客店里的，初冬已经颇冷，蚊子却还多，后来用被盖了全身，用衣服包了头脸，只留两个鼻孔出气。在这呼吸不息的地方，蚊子竟无从插嘴，居然睡安稳了。饭食也不坏。但一位先生却以为这客店也包办囚人的饭食，我住在那里不相宜，几次三番，几次三番地说。我虽然觉得客店兼办囚人的饭食和我不相干，然而好意难却，也只得别寻相宜的住处了。于是搬到别一家，离监狱也很远，可惜每天总要喝难以下咽的芋梗汤。

从此就看见许多陌生的先生，听到许多新鲜的讲义。解剖学是两个教授分任的。最初是骨学。其时进来的是一个黑瘦的先生，八字须，戴着眼镜，挟着一迭大大小小的书。一将书放在讲台上，便用了缓慢而很有顿挫的声调，向学生介绍自己道：——

"我就是叫作藤野严九郎的……。"

后面有几个人笑起来了。他接着便讲述解剖学在日本发达的历史，那些大大小小的书，便是从最初到现今关于这一门学问的著作。起初有几本是线装的；还有翻刻中国译本的，他们的翻译和研究新的医学，并不比中国早。

那坐在后面发笑的是上学年不及格的留级学生，在校已经一年，掌故颇为熟悉的了。他们便给新生讲演每个教授的历史。这藤野先生，据说是穿衣服太模胡了，有时竟会忘记带领结；冬天是一件旧外套，寒颤颤的，有一回上火车去，致使管车的疑心他是扒手，叫车里的客人大家小心些。

他们的话大概是真的，我就亲见他有一次上讲堂没有带领结。

过了一星期，大约是星期六，他使助手来叫我了。到得研究室，见他坐在人骨和许多单独的头骨中间，——他其时正在研究着头骨，后来有一篇论文在本校的杂志上发表出来。

"我的讲义，你能抄下来么？"他问。

"可以抄一点。"

"拿来我看！"

我交出所抄的讲义去，他收下了，第二三天便还我，并且说，此后每一星期要送给他看一回。我拿下来打开看时，很吃了一惊，同时也感到一种不安和感激。原来我的讲义已经从头到末，都用红笔添改过了，不但增加了许多脱漏的地方，连文法的错误，也都一一订正。这样一直继续到教完了他所担任的功课：骨学、血管学、神经学。

可惜我那时太不用功，有时也很任性。还记得有一回藤野先生将我叫到他的研究室里去，翻出我那讲义上的一个图来，是下臂的血管，指着，向我和蔼的说道：——

"你看，你将这条血管移了一点位置了。——自然，这样一移，的确比较的好看些，然而解剖图不是美术，实物是那么样的，我们没法改换它。现在我给你改好了，以后你要全照着黑板上那样的画。"

但是我还不服气，口头答应着，心里却想道：——

"图还是我画的不错；至于实在的情形，我心里自然记得的。"

学年试验完毕之后，我便到东京玩了一夏天，秋初再回学校，成绩早已发表了，同学一百余人之中，我在中间，不过是没有落第。这回藤野先生所担任的功课，是解剖实习和局部解剖学。

解剖实习了大概一星期，他又叫我去了，很高兴地，仍用了极有抑扬的声调对我说道：——

"我因为听说中国人是很敬重鬼的，所以很担心，怕你不肯解剖尸体。现在总算放心了，没有这回事。"

但他也偶有使我很为难的时候。他听说中国的女人是裹脚的，但不知道详细，所以要问我怎么裹法，足骨变成怎样的畸形，还叹息道，"总要看一看才知道。究竟是怎么一回事呢？"

有一天，本级的学生会干事到我寓里来了，要借我的讲义看。我检出来交给他们，却只翻检了一通，并没有带走。但他们一走，邮差就送到一封很厚的信，拆开看时，第一句是：——

"你改悔罢！"

这是《新约》上的句子罢，但经托尔斯泰新近引用过的。

其时正值日俄战争，托老先生便写了一封给俄国和日本的皇帝的信，开首便是这一句。日本报纸上很斥责他的不逊，爱国青年也愤然，然而暗地里却早受了他的影响了。其次的话，大略是说上年解剖学试验的题目，是藤野先生讲义上做了记号，我预先知道的，所以能有这样的成绩。末尾是匿名。

我这才回忆到前几天的一件事。因为要开同级会，干事便在黑板上写广告，末一句是"请全数到会勿漏为要"，而且在"漏"字旁边加了一个圈。我当时虽然觉到圈得可笑，但是毫不介意，这回才悟出那字也在讥刺我了，犹言我得了教员漏泄出来的题目。

我便将这事告知了藤野先生；有几个和我熟识的同学也很不平，一同去诘责干事托辞检查的无礼，并且要求他们将检查的结果，发表出来。终于这流言消灭了，干事却又竭力运动，要收回那一封匿名信去。结末是我便将这托尔斯泰式的信退还了他们。

中国是弱国，所以中国人当然是低能儿，分数在六十分以上，便不是自己的能力了：也无怪他们疑惑。但我接着便有参观枪毙中国人的命运了。第二年添教霉菌学，细菌的形状是全用电影来显示的，一段落已完而还没有到下课的时候，便影几片时事的片子，自然都是日本战胜俄国的情形。但偏有中国人夹在里边：给俄国人做侦探，被日本军捕获，要枪毙了，围着看的也是一群中国人；在讲堂里的还有一个我。

"万岁！"他们都拍掌欢呼起来。

这种欢呼，是每看一片都有的，但在我，这一声却特别听得刺耳。此后回到中国来，我看见那些闲看枪毙犯人的人们，他们也何尝不酒醉似的喝彩，——呜呼，无法可想！但在那时那地，我的意见却变化了。

到第二学年的终结，我便去寻藤野先生，告诉他我将不学医学，并且离开这仙台。他的脸色仿佛有些悲哀，似乎想说话，但竟没有说。

"我想去学生物学，先生教给我的学问，也还有用的。"其实我并没有决意要学生物学，因为看得他有些凄然，便说了一个慰安他的谎话。

"为医学而教的解剖学之类，怕于生物学也没有什么大帮助。"他叹息说。

将走的前几天，他叫我到他家里去，交给我一张照相，后面写着两个字道："惜别"，还说希望将我的也送他。但我这时适值没有照相了；他便叮嘱我将来照了寄给他，并且时时通信告诉他此后的状况。

我离开仙台之后，就多年没有照过相，又因为状况也无聊，说起来无非使他失望，便连信也怕敢写了。经过的年月一多，话更无从说起，所以虽然有时想写信，却又难以下笔，这样的一直到现在，竟没有寄过一封信和一张照片。从他那一面看起来，是一去之后，杳无消息了。

但不知怎地，我总还时时记起他，在我所认为我师的之中，他是最使我感激，给我鼓励的一个。有时我常常想：他的对于我的热心的希望，不倦的教诲，小而言之，是为中国，就是希望中国有新的医学；大而言之，是为学术，就是希望新的医学传到中国去。他的性格，在我的眼里和心里是伟大的，虽然他的姓名并不为许多人所知道。

他所改正的讲义，我曾经订成三厚本，收藏着的，将作为永久的纪念。不幸七年前迁居的时候，中途毁坏了一口书箱，失去半箱书，恰巧这讲义也遗失在内了。责成运送局去找寻，寂无回信。只有他的照相至今还挂在我北京寓居的东墙上，书桌对面。每当夜间疲倦，正想偷懒时，仰面在灯光中瞥见他黑瘦的面貌，似乎正要说出抑扬顿挫的话来，便使我忽又良心发现，而且增加勇气了，于是点上一枝烟，再继续写些为"正人君子"之流所深恶痛疾的文字。

朱永新感悟：

《藤野先生》是妇孺皆知的一篇感念师恩的散文，几乎所有的人都在教科书里读过这篇文章。藤野严九郎这个普普通通的日本人，也因为这篇文章被我们所熟知和铭记。文章通过许多细节讲述了藤野先生没有狭隘的民族偏见，赞扬了他正直、热忱、高尚的品质和严谨治学、诲人不倦的师者风范。尤其是抄讲义和画解剖图两个细节，更是感人至深。藤野先生教授骨学、血管学、神经学等课程，有一天他让鲁迅抄写课程的讲义，几天后退还时鲁迅发现自己抄写的讲义已经面目全非，从头到末都用红笔添改过，"不但增加了许多脱漏的地方，连文法的错误，也都一一订正"。鲁迅抄写讲义时画的下臂血管图发生了位移的情况，藤野先生和蔼地指出，解剖图不是美术，"实物是那么样的，我们没法改换它"，应该尊重客观的事实。他亲自帮助改好，并且要求鲁迅严谨求实，"全照着黑板上那样的画"。从藤野先生身上，鲁迅感受到一位异国教师对他"热心的希望，不倦的教诲"，知道先生是为了中国，"希望中国有新的医学"。也正是在藤野先生精神的感召下，鲁迅弃医从文，走上了用文艺唤醒民众的革命道路。

夏衍

夏衍（1900—1995），著名文学、电影、戏剧作家和社会活动家。1949年后历任上海市委常委、宣传部长、文化部副部长、中国文联副主席、中日友协会长、中顾委委员、全国人大代表等。著作有《心防》《法西斯细菌》《秋瑾传》《上海屋檐下》《包身工》等，创作及改编的电影剧本有《狂流》《春蚕》《祝福》《在烈火中永生》《林家铺子》等。

忆恩师 / 夏衍

　　一九一五年九月，我进了浙江公立甲种工业学校，校址在蒲场巷场官衡报国寺。这个地方原来叫铜元局，停铸铜元之后，改为"劝工场"。由于这个历史原因，学校里附设有动力、金工、木工、铸工、锻工，以及染练设备。校长许炳堃，字缄甫，也是德清人，是清末最早派到日本去学工的留学生之一。他是一个"实业救国主义"者，对事业有抱负，处世严格，我记得入学那一天，这位校长就对我们讲了一通办学救国之道，反复讲了"甲工"的校训"诚朴"二字的意义。他主张"手脑并用"，强调学工的人不仅要懂得理论，而且要亲手会做。为了要达到这个目的，一般说来，"甲工"的功课要比一般中学（如安定中学、宗文中学）多一点，深一点。学制是预科一年，本科四年，我在学当时，一共有机械，纺织、染色、化学等科。由于许校长坚持了手脑并用、"实习不合格就不能毕业"的方针，所以这个学校的毕业生分布在江浙、上海等地，对江南一带的纺织、机械工业的发展，应该说是起了一定的作用的。

　　"铜元局"是个好地方，三面环河，河边有一座小土山，土山外面就是靠庆春门的城墙，有供学校用的办公楼、学生宿舍、附属工厂、实验室、操场、图书馆，占地二百多亩。

我在这个学校整整呆了五年（一九一五年到一九二〇年），对我说来，作为一个工科学生，应该说是一个打基础的时期。最初两年，我对外很少接触，后来（主要是一九一九年以后），我才知道在省城里，"甲工"不论在学业上还是管理上，都是办理得最严格的学校。

许先生不止一次说过，他要培养的是"有见解有技术的工业人才"，对学生的要求是"有坚强的体质，健全的道德，正确的知识，果毅的精神，敏活的动作，娴熟的技能"。除此之外，大概这位许校长青年时期受过佛教思想的影响，所以除了"诚朴"之外，他还给学生订了"七戒"，这就是：戒欺、戒妄、戒虚、戒浮、戒骄、戒侈、戒惰。他对学生严，对聘请的教师，在当时的杭州也可以说是"一时之选"，我记得起名字的，就有陈建功、徐守祯、谢通绩、关振然、恽震、钱昌祚等；杨杏佛也是兼课教师，可惜我没有听过他的课。

入校第一年，顺利地过去，两次考试都"名列前茅"。可是到第二年，就紧张了，譬如数学，一般中学只教代数、三角、几何，"甲工"这三门的进度特快，因为三年级就要教微积分和解析几何；英文的进度也比较快，因为这两门都是我的弱点，就必须加倍用功。起初，一直为数学跟不上而苦恼，不久，得到一位机械科的同学盛祖钧的帮助，也就渐渐赶了上去，可以拿八十分了。其次是英文，我每天清晨一定要硬记五个至十个英文生字，也是从二年级那时开始的。

在小学时期，我作文的成绩比较好，进了"甲工"，又碰上了一位最好的老师谢迺绩先生，他是绍兴人，留学过日本，他不仅学问渊博，诲人不倦，而且思想先进。当时每周作文一篇，他几乎对我的每篇作文都仔细评改，并作贴切的批语。

民国五六年，正是复辟反复辟和军阀混战时期。当时有一种风气，一到两派军阀打仗，双方都先要发表一篇洋洋洒洒的讨伐宣言，每个军阀都有一批幕客，这类檄文骈四俪六，写得颇有声色，加上那时国事日非，民生艰苦，于是，我们这些中学生写作文，就难免也要受到这种"文风"的影响。学校图书馆里，是看不到"小说"（不论新旧）的，但在同学手里，我也看到过四六体写的言情小说，可是这些东西无病呻吟，和当时的生活离得太远，即使觉得有些句子写得很好，也不会去模仿，但是那些军阀幕僚们写的檄文，我却不知不觉地受了不少影响。

一九一六年冬，黄兴、蔡锷相继去世，杭州举行了隆重的联合追悼大会，全市学生都去参加；事后我在作文中写了一篇表面上是追悼黄、蔡，实际上是反对专制政治的作文，感情激动，自己还以为写得很痛快。后来谢老师看了，在文章上加了好几处双圈，但加的批语却是"冰雪聪明，惜锋芒太露"这九个大字。起先，我还不懂得这个批语的意思，谢老师却来找我谈话了。他没有和我谈那篇"锋芒太露"的作文，却问："你除了学校里教的书之外，还看些什么书？"起初我不敢回答，因为有"七戒"，明明看了又不说，不也是"妄"吗？于是我说在家里看过《三国演义》，老师点点头，没有反应。我胆大了，说："最近还看过一本《玉梨魂》。"他摇了摇头，也没有反对的表情。接着又问："《古文观止》里的那几篇'列传'，例如《伯夷列传》《屈原列传》之类，都能读下去了吗？"我点点头说："有些地方还得问人或者查字典。"他高兴地笑了，然后加重了语气说："要用功读这一类文章。好好体会，然后运用他们的长处，叙事清楚，行文简洁。"教师休息室里人很多，我不便多留，站起来告辞了。他摆摆手叫我坐下，问："你常常看报吧？"我点了点头，他说："我的批语，主要是说，你受了报上那些坏文章的影响。"我红着脸承认了，又补充了一句："此外，我还看过《东莱博议》。"谢老师听了之后说："这本书也不是不可以看，但现在，在你们作文打底子的时候，看了没有好处。"

这一席话，距今已经六十多年了，但我还一直记得很清楚，他的教诲，后来在抗战时期、解放战争时期，我也不止一次忘记过、违反过，写过一些剑拔弩张的文章，但是总的来说，这位恩师的话，我还是常常想起，引以为戒的。

朱永新感悟：

　　夏衍先生在文章中回忆了自己在浙江公立甲种工业学校读

书时的两位恩师。一位是校长许炳堃，他是一个"实业救国主义"者，"对事业有抱负，处世严格"，主张"手脑并用"，强调要培养"有见解有技术的工业人才"，要求学生"有坚强的体质，健全的道德，正确的知识，果毅的精神，敏活的动作，娴熟的技能"，还给学生订了"七戒"的行为规范：戒欺、戒妄、戒虚、戒浮、戒骄、戒侈、戒惰。这样的办学理念，即使在今天也还是非常先进的。另一位是语文老师谢迺绩，他崇敬当时的革命领袖，在课堂上传播革命精神，同时又注重文学的陶冶与训练，主张文章要平实明确，不要华而不实。谢老师曾经评论夏衍的文章"冰雪聪明，惜锋芒太露"，而且能够根据他的文章判断阅读的问题所在。校长和老师对夏衍一生的革命经历和文学创作产生了深刻的影响。

梅兰芳

　　梅兰芳（1894—1961），著名京剧大师。创造了熔青衣、花旦、刀马旦行当于一炉的表演形式和唱腔，世称"梅派"，代表作有《霸王别姬》《贵妃醉酒》《穆桂英挂帅》等。先后担任中国京剧院院长、中国戏曲研究院院长、中国戏剧家协会副主席等，当选为首届全国政协常委和第一届全国人大代表。荣获美国波莫纳学院和南加州大学的荣誉文学博士学位，被国际舞蹈协会主席授予荣誉奖章。

开蒙老师吴菱仙／*梅兰芳*

我家在庚子年，已经把李铁拐斜街的老屋卖掉了，搬到百顺胡同居住。隔壁住的是杨小楼、徐宝芳两家。后来又搬入徐、杨两家的前院，跟他们同住了好几年。附近有一个私塾，我就在那里读书。后来这个私塾搬到万佛寺湾，我也跟着去继续攻读。

杨老板（小楼）那时已经很有名气了。但是他每天总是黎明即起，不间断地要到一个会馆里的戏台上练武功，吊嗓子。他出门的时间跟我上学的时间差不多，常常抱着送我到书馆。我有时候跨在他的肩上，他口里还讲民间故事给我听，买糖葫芦给我吃，逗我笑乐。隔了十多年，我居然能够和杨大叔同台唱戏，在后台扮戏的时候，我们常常谈起旧事，相视而笑。

九岁那年，我到姐夫朱小芬家里学戏。同学有表兄王蕙芳和小芬的弟弟幼芬。吴菱仙是我们开蒙的教师。我第一出戏学的是《战蒲关》。

吴菱仙先生是时小福先生的弟子。时老先生的学生都以仙字排行。吴老先生教我的时候，已经五十岁左右。我那时住在朱家。吃过午饭另外请的一位吊嗓子的先生就来了，吊完嗓子再练身段，学唱腔，晚上念本子。一整天除了吃饭、睡觉以外，都有工作。

吴先生教唱的步骤，是先教唱词，词儿背熟，再教唱腔。他坐在椅子上，我站在桌子旁边。他手里拿着一块长形的木质"戒方"，这是预备拍板用的，也是拿来打学生的，但是他并没有打过我。

他的教授法是这样的：桌上摆着一摞有"康熙通宝"四个字的白铜大制钱。譬如今天学《三娘教子》里"王春娥坐草堂自思自叹"一段，规定学二十或三十遍，唱一遍拿一个制钱放到一只漆盘内，到了十遍，再把钱送回原处，再翻头。

有时候我学到六七遍，实际上已经会了，他还是往下数；有时候我倦了，嘴里哼着，眼睛却不听指挥，慢慢闭拢来，想要打盹，他总是轻轻推我一下，我立刻如梦方醒，挣扎精神，继续学习。他这样对待学生，在当时可算是开通之极；要是换了别位教师，戒方可能就落在我的头上了。

吴先生认为每一段唱，必须练到几十遍，才有坚固的基础。如果学得不地道，浮光掠影，似是而非，日子一长，不但会走样，并且也容易遗忘。

关于青衣的初步基本动作，如走脚步、开门、关门、手势、指法、抖袖、整鬓、提鞋、叫头、哭头、跑圆场、气椅这些身段，必须经过长时期的练习，才能准确。

跟着又学了一些都是正工的青衣戏，如《二进宫》《桑园会》《三娘教子》《彩楼配》《三击掌》《探窑》《二度梅》《别宫》《祭江》《孝义节》《祭塔》《孝感天》《宇宙锋》《打金枝》等。另外配角戏，如《桑圆寄子》《浣纱记》《朱砂痣》《岳家庄》《九更天》《搜孤救孤》……共三十几出戏。在十八岁以前，我专唱这一类青衣戏，宗的是时小福，老先生的一派。

　　吴先生对我的教授法，是特别认真而严格的。跟对待别的学生不同，他把大部分精力都集中在我身上，好像他对我有一种特别的希望，要把我教育成名，完成他的心愿。我后学戏而先出台，蕙芳、幼芬先学戏而后出台，这原因是我的环境不如他们。家庭方面，已经没有力量替我延聘专任教师，只能附属到朱家学习。吴先生同情我的身世，知道我家道中落，每况愈下，要靠拿戏份来维持生活。他很负责地教导我，所以我的进步比他们快一点，我的出台也比他们早一点。

　　我能够有这一点成就，还是靠了先祖一生疏财仗义，忠厚待人。吴先生对我的一番热忱，就是因为他和先祖的感情好，追念故人，才对我另眼看待。

　　吴先生在先祖领导的四喜班里，工作过多年。他常把先祖的逸闻逸事讲给我听。他说："你祖父待本班里的人，实在太好。逢年逢节，根据每个人的生活情形，随时加以适当的照顾。我有一次家里遭到意外的事，他知道了，远远地扔过一个小纸团儿，口里说着：'菱仙，给你个槟榔吃！'等我接到手里，打开来看，原来是一张银票。"

　　当时的科班制度，每人都有固定的戏份，像这样的赠予，是例外的，因为各人的家庭环境、经济状况不同，所以随时斟酌实际情况，用这种手法来加以照顾。吴先生还说，当每个人拿到这类赠予的款项的时候，往往正是他最迫切需要这笔钱的时候。

朱永新感悟：

梅兰芳先生是世人景仰的京剧艺术大师，他创造的独树一帜京剧梅派艺术，将诸多艺术领域的创作思想融于京剧艺术舞台表演之中，不仅达到了中国戏曲艺术的高峰，而且位列世界三大表演体系之一。他的艺术成就与开蒙老师的教导是分不开的。这篇文章讲述了自己9岁开始跟随吴菱仙老师学戏的故事。吴老师对他的教学"特别认真而严格"，而且极富耐心，面对大量枯燥重复性的练习，孩童容易犯困是很自然的。吴老师没有当头棒喝，而是轻轻推醒。为了帮助他能够靠戏份维持生活，吴老师打破了"先学戏而后出台"的规矩，让他"后学戏而先出台"，更多的舞台经验不仅让他进步更快，也更有成就感与自信心。在文章中，梅兰芳还透露出一个重要的细节，吴老师的爱，也源于梅兰芳的先祖，这是一种爱的接力。

丰子恺

　　丰子恺（1898—1975），生于今浙江省桐乡市，中国现代书画家、文学家、散文家、翻译家、漫画家，被誉为"现代中国最艺术的艺术家""中国现代漫画的鼻祖"。中华人民共和国成立后，曾任上海市人民代表、全国政协委员、中国美术家协会上海分会主席等职。出版有《缘缘堂随笔》《随笔二十篇》《缘缘堂再笔》等散文集，《子恺漫画》《护生画集》《儿童漫画》等漫画作品，译著有《初恋》《猎人笔记》《源氏物语》等，《丰子恺全集》（50卷）收录了其文学、艺术等主要作品。

怀李叔同先生 / 丰子恺

　　距今二十九年前，我十七岁的时候，最初在杭州的浙江省立第一师范学校里见到李叔同先生，即后来的弘一法师。那时我是预科生，他是我们的音乐教师。我们上他的音乐课时，有一种特殊的感觉：严肃。摇过预备铃，我们走向音乐教室，推进门去，先吃一惊：李先生早已端坐在讲台上。以为先生总要迟到而嘴里随便唱着、喊着、或笑着、骂着而推进门去的同学，吃惊更是不小。他们的唱声、喊声、笑声、骂声以门槛为界限而忽然消灭。接着是低着头，红着脸，去端坐在自己的位子里。端坐在自己的位子里偷偷地仰起头来看看，看见李先生的高高的瘦削的上半身穿着整洁的黑布马褂，露出在讲桌上，宽广得可以走马的前额，细长的凤眼，隆正的鼻梁，形成威严的表情。扁平而阔的嘴唇两端常有深窝，显示和蔼的表情。这副相貌，用"温而厉"三个字来描写，大概差不多了。讲桌上放着点名簿、讲义，以及他的教课笔记簿、粉笔。钢琴衣解开着，琴盖开着，谱表摆着，琴头上又放着一只时表，闪闪的金光直射到我们的眼中。黑板（是上下两块可以推动的）上早已清楚地写好本课内所应写的东西（两块都写好，上块盖着下块，用下块时把上块推开）。在这样布置的讲台上，李先生端坐着。

坐到上课铃响出（后来我们知道他这脾气，上音乐课必早到。故上课铃响时，同学早已到齐），他站起身来，深深地一鞠躬，课就开始了。这样地上课，空气严肃得很。

有一个人上音乐课时不唱歌而看别的书，有一个人上音乐时吐痰在地板上，以为李先生不看见的，其实他都知道。但他不立刻责备，等到下课后，他用很轻而严肃的声音郑重地说："某某等一等出去。"于是这位某某同学只得站着。等到别的同学都出去了，他又用轻而严肃的声音向这某某同学和气地说："下次上课时不要看别的书。"或者："下次痰不要吐在地板上。"说过之后他微微一鞠躬，表示你出去罢。出来的人大都脸上发红。又有一次下音乐课，最后出去的人无心把门一拉，碰得太重，发出很大的声音。他走了数十步之后，李先生走出门来，满面和气地叫他转来。等他到了，李先生又叫他进教室来。进了教室，李先生用很轻而严肃的声音向他和气地说："下次走出教室，轻轻地关门。"就对他一鞠躬，送他出门，自己轻轻地把门关了。最不易忘却的，是有一次上弹琴课的时候。我们是师范生，每人都要学弹琴，全校有五六十架风琴及两架钢琴。风琴每室两架，给学生练习用；钢琴一架放在唱歌教室里，一架放在弹琴教室里。上弹琴课时，十数人为一组，环立在琴旁，看李先生范奏。有一次正在范奏的时候，有一个同学放一个屁，没有声音，却是很臭。钢琴及李先生十数同学全部沉浸在亚莫尼亚气体中。同学大都掩鼻或发出讨厌的声音。李先生眉头一皱，管自弹琴（我想他一定屏息着）。弹到后来，亚莫尼亚气散光了，他的眉头方才舒展。教完以后，下课铃响了。李先生立起来一鞠躬，表示散课。散课以后，同学还未出门，李先生又郑重地宣告："大家等一等去，还有一句话。"大家又肃立了。李先生又用很轻而严肃的声音和气地说："以后放屁，到门外去，不要放在室内。"接着又一鞠躬，表示叫我们出去。同学都忍着笑，一出门来，大家快跑，跑到远处去大笑一顿。

李先生用这样的态度来教我们音乐，因此我们上音乐课时，觉得比上其他一切课更严肃。同时对于音乐教师李叔同先生，比对其他教师更敬仰。那时的学校，首重的是所谓"英、国、算"，即英文、国文和算学。在别的学校里，这三门功课的教师最有权威；而在我们这师范学校里，音乐教师最有权威，因为他是李叔同先生的原故。

李叔同先生为甚么能有这种权威呢？不仅为了他学问好，不仅为了他音乐好，主要的还是为了他态度认真。李先生一生的最大特点是认真。他对于一件事，不做则已，要做就非做得彻底不可。

他出身于富裕之家，他的父亲是天津有名的银行家。他是第五位姨太太所生。他父亲生他时，年已七十二岁。他坠地后就遭父丧，又逢家庭之变，青年时就陪了他的生母南迁上海。在上海南洋公学读书奉母时，他是一个翩翩公子。当时上海文坛有著名的沪学会，李先生应沪学会征文，名字屡列第一。从此他就为沪上名人所器重，而交游日广，终以"才子"驰名于当时的上海。所以后来他母亲死了，他赴日本留学的时候，作一首《金缕曲》，词曰："披发佯狂走。莽中原，暮鸦啼彻，几枝衰柳。破碎河山谁收拾，零落西风依旧，便惹得离人消瘦。行矣临流重太息，说相思刻骨双红豆。愁黯黯，浓于酒。漾情不断淞波溜。恨年年，絮飘萍泊，遮难回首。二十文章惊海内，毕竟空谈何有！听匣底苍龙狂吼。长夜西风眠不得，度群生那惜心肝剖。是祖国，忍辜负？"读这首词，可想见他当时豪气满胸，爱国热情炽盛。他出家时把过去的照片统统送我，我曾在照片中看见过当时在上海的他：丝绒碗帽，正中缀一方白玉，曲襟背心，花缎袍子，后面挂着胖辫子，底下缎带扎脚管，双梁厚底鞋子，头抬得很高，英俊之气，流露于眉目间。真是当时上海一等的翩翩公子。这是最初表示他的特性：凡事认真。他立意要做翩翩公子，就彻底地做一个翩翩公子。

后来他到日本，看见明治维新的文化，就渴慕西洋文明。他立刻放弃了翩翩公子的态度，改做一个留学生。他入东京美术学校，同时又入音乐学校。这些学校都是模仿西洋的，所教的都是西洋画和西洋音乐。李先生在南洋公学时英文学得很好；到了日本，就买了许多西洋文学书。他出家时曾送我一部残缺的原本《莎士比亚全集》，他对我说："这书我从前细读过，有许多笔记在上面，虽然不全，也是纪念物。"由此可想见他在日本时，对于西洋艺术全面进攻，绘画、音乐、文学、戏剧都研究。后来他在日本创办春柳剧社，纠集留学同志，并演当时西洋著名的悲剧《茶花女》（小仲马著）。他自己把腰束小，扮作茶花女，粉墨登场。这照片，他出家时也送给我，一向归我保藏；直到抗战时为兵火所毁。现在我还记得这照片：卷发，白的上衣，白的长裙拖着地面，腰身小到一把，两手举起托着后头，头向右歪侧，眉峰紧蹙，眼波斜睨，正是茶花女自伤命薄的神情。另外还有许多演剧的照片，不可胜记。这春柳剧社后来迁回中国，李先生就脱出，由另一班人去办，便是中国最初的话剧社。由此可以想见，李先生在日本时，是彻头彻尾的一个留学生。我见过他当时的照片：高帽子、硬领、硬袖、燕尾服、史的克、尖头皮鞋，加之长身、高鼻，没有脚的眼镜夹在鼻梁上，竟活像一个西洋人。这是第二次表示他的特性：凡事认真。学一样，像一样。要做留学生，就彻底地做一个留学生。

他回国后，在上海太平洋报社当编辑。不久，就被南京高等师范请去教图画、音乐。后来又应杭州师范之聘，同时兼任两个学校的课，每月中半个月住南京，半个月住杭州。两校都请助教，他不在时由助教代课。我就是杭州师范的学生。这时候，李先生已由留学生变为教师。这一变，变得真彻底：漂亮的洋装不穿了，却换上灰色粗布袍子、黑布马褂、布底鞋子。金丝边眼镜也换了黑的钢丝边眼镜。他是一个修养很深的美术家，所以对于仪表很讲究。虽然布衣，却很称身，常常整洁。

他穿布衣，全无穷相，而另具一种朴素的美。你可想见，他是扮过茶花女的，身材生得非常窈窕。穿了布衣，仍是一个美男子。"淡妆浓沫总相宜"，这诗句原是描写西子的，但拿来形容我们的李先生的仪表，也很适用。今人侈谈生活艺术化，大都好奇立异，非艺术的。李先生的服装，才真可称为生活的艺术化。他一时代的服装，表现出一时代的思想与生活。各时代的思想与生活判然不同，各时代的服装也判然不同。布衣布鞋的李先生，与洋装时代的李先生、曲襟背心时代的李先生，判若三人。这是第三次表示他的特性：认真。

　　我二年级时，图画归李先生教。他教我们木炭石膏模型写生。同学一向描惯临画，起初无从着手。四十余人中，竟没有一个人描得像样的。后来他范画给我们看。画毕把范画揭在黑板上。同学们大都看着黑板临摹。只有我和少数同学，依他的方法从石膏模型写生。我对于写生，从这时候开始发生兴味。我到此时，恍然大悟：那些粉本原是别人看了实物而写生出来的。我们也应该直接从实物写生入手，何必临摹他人，依样画葫芦呢？于是我的画进步起来。此后李先生与我接近的机会更多。因为我常去请他教画，又教日本文，以后的李先生的生活，我所知道的较为详细。他本来常读性理的书，后来忽然信了道教，案头常常放着道藏。那时我还是一个毛头青年，谈不到宗教。李先生除绘事外，并不对我谈道。但我发现他的生活日渐收敛起来，仿佛一个人就要动身赴远方时的模样。他常把自己不用的东西送给我。他的朋友日本画家大野隆德、河合新藏、三宅克己等到西湖来写生时，他带了我去请他们吃一次饭，以后就把这些日本人交给我，叫我引导他们（我当时已能讲普通应酬的日本话）。他自己就关起房门来研究道学。有一天，他决定入大慈山去断食，我有课事，不能陪去，由校工闻玉陪去。数日之后，我去望他。见他躺在床上，面容消瘦，但精神很好，对我讲话，同平时差不多。他断食共十七日，由闻玉扶起来，摄一个影，影片上端由闻玉题字："李息翁先生断食后之像，侍子闻玉题。"这照片后来制成明信片分送朋友。像的下面用铅字排印着："某年月日，入大慈山断食十七日，身心灵化，欢乐康强。欣欣道人记。"李先生这时候已由教师一变而为道人了。学道就断食十七日，也是他凡事认真的表示。

　　但他学道的时候很短。断食以后，不久他就学佛。他自己对我说，他的学佛是受马一浮先生指示的。出家前数日，他同我到西湖玉泉去看一位程中和先生。这程先生原来是当军人的，现在退伍，住在玉泉，正想出家为僧。李先生同他谈得很久。此后不久，我陪大野隆德到玉泉去投宿，看见一个和尚坐着，正是这位程先生。我想称他程先生，觉得不合。想称他法师，又不知道他的法名（后来知道是弘伞），一时周章得很。我回去对李先生讲了，李先生告诉我，他不久也要出家为僧，就做弘伞的师弟。我愕然不知所对。过了几天，他果然辞职，要去出家。出家的前晚，他叫我和同学叶天瑞、李增庸三人到他的房间里，把房间里所有的东西送给我们三人。第二天，我们三人送他到虎跑。我们回来分得了他的"遗产"，再去望他时，他已光着头皮，穿着僧衣，俨然一位清癯的法师了。我从此改口，称他为法师。法师的僧腊二十四年。这二十四年中，我颠沛流离，他一贯到底，而且修行功夫愈进愈深。当初修净土宗，后来又修律宗。律宗是讲究戒律的，一举一动，都有规律，严肃认真之极。这是佛门中最难修的一宗。数百年来，传统断绝，直到弘一法师方才复兴，所以佛门中称他为"重兴南山律宗第十一代祖师"。他的生活非常认真。举一例说：有一次我寄一卷宣纸去，请弘一法师写佛号。宣纸多了些，他就来信问我，余多的宣纸如何处置？又有一次，我寄回件邮票去，多了几分。他把多的几分寄还我。以后我寄纸或邮票，就预先声明：余多的送与法师。有一次他到我家。我请他藤椅子里坐。他把藤椅子轻轻摇动，然后慢慢地坐下去。起先我不敢问。后来看他每次都如此，我就启问。法师回答我说："这椅子里头，两根藤之间，也许有小虫伏着。突然坐下去，要把它们压死，所以先摇动一下，慢慢地坐下去，好让它们走避。"读者听到这话，也许要笑。但这正是做人极度认真的表示。

如上所述，弘一法师由翩翩公子一变而为留学生，又变而为教师，三变而为道人，四变而为和尚。每做一种人，都做得十分像样。好比全能的优伶：起青衣像个青衣，起老生像个老生，起大面又像个大面……都是认真的原故。

现在弘一法师在福建泉州圆寂了。噩耗传到贵州遵义的时候，我正在束装，将迁居重庆。我发愿到重庆后替法师画像一百帧，分送各地信善，刻石供养。现在画像已经如愿了。我和李先生在世间的师弟尘缘已经结束，然而他的遗训——认真——永远铭刻在我心头。

朱永新感悟：

丰子恺曾经说过，他一生有两位最重要的恩师：李叔同（弘一法师）和夏丏尊。前者是艺术的导师，后者是文学的导师。他也写过多篇回忆恩师的文章。在《我的老师李叔同》这篇文章中，丰子恺曾经引用了夏丏尊对李叔同的评价："他做教师，有人格做背景，好比佛菩萨的有'后光'。所以他从不威胁学生，而学生见他自生威敬；从不严责学生，而学生自会用功。他是实行人格感化的一位大教育家。我敢说：自有学校以来，自有教师以来，未有盛于李先生者也。"这段文字，是对李叔同作为教师的最高的褒奖了。那么，李叔同的"人格背景"究竟是什么呢？丰子恺这篇文章中道出了谜底——认真。"李先生一生的最大特点是认真。他对于一件事，不做则已，要做就非做得彻底不可"，无论是做"翩翩公子"还是做留学生，或者是当老师；无论是学道还是学佛，"每做一种人，都做得十分像样"。他的认真也体现在课堂的许多细节上，有学生上音乐课时不唱歌而看别的书，上课时吐痰在地板上，下课离开教室拉门发出很大的声音，甚至在课堂上放臭屁，他从不当众批评，但总是及时"温而厉"地认真提醒。认真，是李叔同给丰子恺的"遗训"，也是教师应该具备的"人格背景"。

陆蠡

陆蠡（1908—1942），浙江天台人，现代散文家、革命家、翻译家。毕业后先后任教于杭州中学、泉州平民中学、上海南翔立达学园等，在主持上海文化生活出版社期间因出版进步书刊被日寇杀害。著作有《海星》《竹刀》《囚绿记》《嫁衣》《陆蠡集》等，曾翻译俄国屠格涅夫的《罗亭》、英国笛福的《鲁滨逊漂流记》、法国拉·封丹的《寓言诗》等。

私塾师 / 陆蠡

　　今年的春天，我在一个中学里教书。学校的所在地是离我的故乡七八十里的山间，然而已是邻县了。这地方的形势好像畚箕的底，三面环山，前一面则是通海口的大路，这里是天然的避难所和游击战的根据地。学校便是为了避免轰炸，从近海的一个城市迁来的。

　　我来这里是太突兀。事前自己并未想到，来校后别人也不知道。虽则这地方离我家乡不远，因为山乡偏僻，从来不曾到过。往常，这一带是盗匪出没的所在，所以如没有什么要事，轻易不会跑到这山窝里来。这次我来这学校，一半是感于办学校的师友的盛意，另一半则是因为出外的路断了，于是我便暂时住下来。

　　这里的居民说着和我们很近似的乡音，房屋建筑形式以及风俗习惯都和家乡相仿。少小离乡的我，住在这边有一种异常的亲切之感。倘使我不是在外间羁绊着许多未了的职务，我真甘愿长住下去。我贪羡这和平的一个角落，目前简直是归隐了，没有访问，没有通信，我过着平淡而寂寞的日子。

　　有一天，一位同学走进我的房间，说是一位先生要见我。

　　这使我很惊讶。在这里，除了学校的同事外，我没有别的朋友。因为他们还不曾知道我，在这山僻地方有谁来找我呢？我疑惑着。我搜寻我的记忆，摸不着头脑，而这位先生已跨进来了。

他是一位年近六十的老人，一瞥眼我就觉得很熟识，可是一时想不起来。我连忙让坐，倒茶，递烟，点火，我借种种动作来延长我思索的时间，我不便请教他的尊姓，因为这对于素悉的人是一种不敬。我仔细分析这太熟识的面貌上的每一条皱纹，我注意他的举止和说话的声音，我苦苦地记忆。忽然我叫起来。

"兰畦先生！"

见我惊讶的样子，他缓慢地说：

"还记得我吧？"

"记得记得。"

我们暂时不说话。这突如的会面使我一时找不出话端，我平素是那么木讷。我呆了好久。

兰畦先生是我幼年的私塾师。正如他的典型的别号所表示，他代表一批"古雅"的人物。他也有着"古雅"的面孔：古铜色的脸，端正的鼻子，整齐的八字胡。他穿了一件宽大的蓝布长衫，外面罩上黑布马褂。头上戴一顶旧皮帽，着一双老布棉鞋。他手里拿了一根长烟管，衣襟上佩着眼镜匣子——眼镜平常是不用的——他的装束，是十足古风的。这种的装束，令人一望而知他是一个山里人，这往往成为轻薄的城里人嘲笑的题材，他们给他一个特别的名称"清朝人"，这便是"遗民"的意思。

　　他在我家里坐馆，是二十多年前的事。现在我想起私塾的情形，恍如隔了一整个世纪。那时我是一个很小的孩子，父亲把他的希望和他的儿子关在一起，在一座空楼内，叫这位兰畦先生督教。我过的是多么寂寞的日子啊！白天不准下楼，写字读书，读书写字。兰畦先生对我很严厉：破晓起床，不洗脸读书；早饭后背诵，点句，读书，写字；午饭后也是写字，读书；天黑了给我做对仗，填字。夜间温课，熬过两炷香。我读着佶屈聱牙的句子，解说着自己不懂而别人也不懂的字义。兰畦先生有时还无理地责打我，呵斥我，我小小的心中起了反感和憎恨。我恨他的人，恨他的长烟管，恨他的戒尺，但我最恨的是他的朱笔，它点污了我的书，在书眉上记下日子，有时在书面上记下责罚。于是我便把写上难堪字样的书面揉烂。

　　自他辞馆后，我立意不再理睬他，不再认他做先生，不想见他的面。真的，当我从外埠的中学念书回来，对于他的严刻还未能加以原谅。

　　现在，他坐在我的面前，还是那副老样子。二十多年前的老样子。他微笑地望着，望着他从前责打过的孩子。这孩子长大了，而且也做了别人的教师。他在默认我的面貌。

　　"啊，二十多年了！"终于我说了出来。

　　"二十多年，你成了大人，我成了老人。"

"身体好么？"

"穷骨头从来不生病。我的父亲还在呢，九十左右了，仍然健步如飞。几时你可以看到他。"他引证他一家人都是有极结实的身体。

"真难得。我祖父在日，也有极健康的老年。"我随把他去世的事情告诉他。

"他是被人敬爱的老人。你的父母都好么？"

"好。"

"姐妹们呢？"

"都好。"

他逐个地问着我家庭中的每一人。这不是应酬敷衍，也不是一种噜苏，是出于一种由衷的关切。他不复是严峻的塾师，倒是极温蔼的老人了。随后我问他怎样会到这里来，怎会知道我，他微笑了。他一一告诉我，他原要到离此十几里的一个山村去，是顺路经过此地的。他说他是无意中从同学口里听到我在这里教书，他想看看隔了二十多年的我是怎个样子，看看我是否认得他。他说他看到我很高兴，又说他立刻就要动身，一面站起来告辞。

"住一两天不行么？"我挽留他。

"下次再有机会，现在我得走。"他伸手去取他的随身提篓。

我望着这提篓，颇有几斤重量，而且去那边的山岭相当陡峻，我说，"送先生去吧。"

"不必，不必。你有功课，我自己去。"他推辞着。他眉宇间却露出一种喜悦，是一种受了别人尊敬感觉到的喜悦。

我坚执要送他。我说好久不追随先生了，送一程觉得很愉快。我说我预备请一点钟假，因为上午我只有一课，随时可补授的。

窗外，站着许多同学，交头接耳地议论些什么，好像是猜测这位老先生和我的关系。

我站起来，大声地向他们介绍，说这位是我的先生，我幼年的教师。他现在要到某村去，我要送他。我预备请一点钟假。

同学中间起了窃窃的语声。看他们的表情，好像说："你有了这样的一位教师，不见得怎么光荣。"

于是我又向他们介绍："这是我的先生。"

我们走了。出校门时，有几位同学故意问我到哪里去，送的是我的什么人，我特地大声回答，我送他到某村去，他是我的先生。

路上，我们有着琐碎的谈话。他问起我：

"你认得 ××× 么？他做了旅长了。"

"不大认得。"

"×× 呢，他是法政大学毕业的，听说做了县长。"

"和我陌生。我没读过法政。"

"××，你应该认得的。"

"我的记性太坏。"

"××，你的同宗。"

"影像模糊，也许会过面。"

"还有××？"

"只知其名，未识其面。"

"那末你只记得我？"

"是的。记得先生。"

他微嘘一口气。好像得到一种慰藉。他，他知道，他是被人遗忘的一个。很少有人记得他，尊敬他的。他是一个可怜的塾师。

"如果我在家乡住久些，还想请先生教古文呢。从前念的都还给先生了。"我接着带笑说。

"太客气了。现在应该我向你请教了。"

这句并没有过分。真的，他有许多地方是该向我请教了。当他向我诉说他的家境的寒苦，他仍不得不找点糊口之方，私塾现在是取消了，他不得不去找一个小学教员的位置；他不得不丢开四书五经，拿起国语常识；他不得不丢下红朱笔，拿起粉笔；他不得不离开板凳，站在讲台上；他是太老了，落伍了，他被人家轻视，嘲笑，但他仍不得不忍受这一切；他自己知道不配做儿童教师，他所知道的新知识不见得比儿童来得多，但是他不得不哄他们，骗他们，把自己不知道的东西告诉他们；言下他似不胜感喟。

"现在的课本我真弄不来。有一次说到'咖啡'两字，我不知道这是什么东西。我只就上下文的意义猜说'这是一种饮料'，这对么？"

"对的。咖啡是一种热带植物的果实，可以焙制饮料，味香，有提神的功用。外国人日常喝的，我们在外边也常喝的。还有一种可可，和这差不多，也是一种饮料。"

"还有许多陌生字眼，我不知道怎么解释也不知怎么读。例如气字底下做个羊字，或是字，金旁做个乌字或白字，这不知是些什么东西？"

"这是一些化学名词，没读过化学的人，一时也说不清楚，至于读音，顺着半边去读就好了。"

他感慨了。他说到他这般年纪，是应该休息了。他不愿意坑害人家子弟，把错误的东西教给孩子们。他说他宁愿做一个像从前一样的塾师，教点《幼学琼林》或是《书经》《诗经》之类。

"先生是应该教古文而不该教小学的。"我说。

"是的，小学比私塾苦多了。这边的小学，每星期二三十点钟，一年的薪金只有几十块钱，自己吃饭。倒不如坐馆舒服得多！"

我知道这情形。在这山乡间，小学仍不过是私塾的另一个形式。通常一个小学只有一个教师，但也分成好几年级，功课也有许多门：国语，常识，算术，音乐，体操等。大凡进过中学念过洋书的年轻人，都有着远大的梦想，不肯干这苦职业，于是这被人鄙视的位置，只有失去了希望的老塾师们肯就。我的先生自从若干年前私塾制废除后，便在这种"新私塾"里教书了。

"现在你到××干什么呢？"我还不知道他去那边的目的。

"便是来接洽这里的小学位置哟！"好像十分无奈似的。忽然他指着我头上戴的帽子问：

"像这样的帽子要多少钱一顶？"

"五六块钱。"我回答。

"倘使一两块钱能买到便好了。我希望能够有一顶。"

"你头上的皮帽也很合适。"我说。

"天热起来了，还戴得住么？"

说话间我们走了山岭的一半。回头望望，田畴村舍，都在我们的脚下。他于是指着蟠腾起伏的峰岭和点缀在绿色的田野间的像雀巢般的村舍，告诉我那些村庄和山岭的名字。不久，我们踅过了山头。前面，在一簇绿色的树林中显露出几座白垩墙壁。"到了。"他对我说，他有点微喘。我停住脚步，将手中提篮交给他，说我不进去，免得打扰人家。他坚持要我进去吃了午饭走，我固执地要回校。他于是吐出他最后的愿望，要我在假期中千万到他家去玩玩，住一宿，谈一回天，于他是愉快的。他将因我的拜访而觉得骄傲。他把去他家的路径指点给我，并描出他屋前舍后的景物，使我便于找寻，但我的脑里却想着他所说的帽子，我想如何能在冬季前寄给他。它应是如何颜色，如何大小，我把这些问得之后，回身下山走了。

我下山走。我心里有一种矛盾的想头：我想到这位老塾师，又想到他所教的一批孩子。"他没有资格教孩子，但他有生存的权利。"我苦恼了。我又想中国教育的基础，最高学府建筑在不健全的小学上，犹如沙上筑塔——我又联想到许多个人和社会的问题，忽然听到脑后有人喊。

"喂，向左边岔路走哪。"

原来我信步走错了一条路。这路。像个英文的 Y 字母，来时觉得无岔路，去时却是两条。我回头，望见我的先生，仍站在山头上，向我挥手。

"我认识路的，再见，先生。"我重向他挥手。

朱永新感悟：

这篇文章原本没有入选，因为缺少了一些师爱的元素。决定收录，是因为这是唯一的一篇关于私塾老师的文章。

第四辑

青春之师

　　这一辑收录了十二篇文章，都是关于大学老师的回忆文章。与前面的"成长之师"一样，用"青春之师"作为辑名，严格来说也不是非常确切，因为中学阶段的学生就已经进入青春期了。大学阶段正是一个人风华正茂，选择人生道路的关键时期，对学生的影响更为直接。由于人文学者更加擅长于写作，流传下来的文章相对较多，这里我特别选用了李政道先生回忆自己的导师费米的文章。从他的文章我们可以看出，好老师总是有一些共同的特征，师爱的智慧也有着许多共同的特征。

袁珂

袁珂（1916—2001），四川新繁人。著名学者，神话学研究专家。1941年毕业于成都华西大学中文系。曾任西南人民艺术学院讲师、中国作家协会四川分会专业作家、四川省社会科学院研究员、中国神话学会主席等。著有《中国古代神话》《中国神话传说》《中国神话传说词典》《古神话选释》《袁珂神话论集》等，有俄、日、英、法、意、西班牙等多种译本。

悼忆许寿裳师 / 袁珂

一九四〇年秋，我因事故，从四川大学转学到华西大学，那时恰巧许师任该校教部特约中英庚款文化讲座，主讲"小说史"和"传记研究"。我因崇仰鲁迅先生的缘故，于和鲁迅先生有三十年交谊而思想性行都相近的许师，亦早景慕已久，又兼这两门功课，都使我发生兴趣，所以一齐选了下来。和我同选这两门功课的，尚有也是因事故从川大转学到华大的我的好友糕仲明君。

上"小说史"的第一课，怀着几分欢喜不安的心情，等候许师走进教室。——其实用"等候"两个字，不免是稍有语病的，因为随着上课铃声响动，呀然教室门开，守时间的许师，已经挟着白布书包，笑容可掬地走了进来。

七八年前的许师，精神比近一两年尤佳，头发胡子虽是白了，脸孔的颜色却红润而富有生气，于慈祥和蔼中带着威严，可亲而不可犯。

"小说史"大体依照鲁迅先生的《中国小说史略》讲授，另加补充；"传记研究"则系许师自编讲义；两门功课都同样表现了许师的博识与精见，启迪我的脑臆不少。

向称顽劣的我，在过去十多年的学校生活中，可说是从没有好好听过一点钟课，童年无知时代不要去管它了，便在长大成年，由中学步入大学时代，也总是把学校当做旅馆，课堂看成驿站，师长们的耳提面命和传道授业并没有当它做一回事。然而一进许师的课堂，却奇迹般地，我的全部心魂都紧紧被许师摄住，先前的坏学生忽然变成好学生了。

我开始把身体坐得直直的，目不转睛地用心听讲，并且开始写第一本完整的笔记……

许师常穿一件旧蓝布长袍，拄藤手棍，风快地行走在校园道上，其精神之佳，我辈中亦罕与伦比者。尝在一文中戏拟为"打鸟的安特生"，许师后来见了亦深为莞尔。

不但走路，便在课堂上许师也表现了同样充沛的精神。他不像我们有些老先生那么慢腾腾地，衔着一管长烟杆，泡了碗盖碗茶，四平八稳地坐在藤圈椅内，说一句话吐一口痰的怪现状。不，他一点这类"名士派"的习气也没有，诚如某先生所说：许先生是一个老少年。

我颇爱听课堂上许师绍兴腔的国语，觉得很是亲切。许师援古证今，指中例外，博奥渊雅，滔滔不绝，十分引人入胜，不是抱残守缺的所谓"老师宿儒"所能比拟的。口讲之不足，还继以手的指画和足的腾蹈。记得在《鲁迅全集》某卷，曾见有一幅许师和鲁迅先生几个人在日本东京合照的相片，许师身穿学生制服，两襟微敞，翘首而立，意态轩昂，和眼前许师的形貌也大致差不多；不同的只是眼前许师的嘴唇上多了两片好像是胶粘上去的白胡子罢了。

在那外侮与内争并烈的年代，无声的中国有的只是"随从我来"的声音，憧憬的明光尚在半天云雾，"你往何处去"的暗询随时在心扉升起，青年没法不苦闷。许师是一座进步与自由的灯塔，使在暗夜海上的船舶有所归往，不致汩没于风涛。他给我们精神上的安慰和鼓舞似乎倒比课业的传授更多。

然而夜的漆黑未免太黑了，灯塔在海滨竟也显得那么茕独无依。选许师课的同学并不多，"小说史"有五六人，"传记研究"只有我和我的朋友糕君，外加一个偶来旁听的某女士，如斯而已。在我们这里，守旧与维新之间，鸿沟天然，一时竟无法填平打通。

使我最难忘怀的，是许师辛苦编成的"传记研究"讲义，只为了两个不肖的学生。但是许师却丝毫不苟，每上课前一定要在图书馆里钩稽群籍，做充分的准备。我因写毕业论文，每到图书馆楼上查书，从楼栏上望下去，总常见许师斑白的头，伏在黑漆的写字台上，用心在十行纸上撰写讲稿。有时拿起一卷书来，眯了一只眼，睁大另一只眼，仔细察看书上的字迹。这真使我感动。因此我在空落的课堂上恨不能化身千百，来接受许师道业的传授。

偏偏事有凑巧，有一回在"传记研究"的课堂上，朋友糕因病请假，旁听女士未来，不算小的课堂里，我坐在最前排的最当中。笑容可掬的许师照例准时挟着书包开门进来了，一进门就高兴地开口说："各位……"及至看清楚教室里只有我一个人，又才改口说："密司脱袁……"这时我心里实在难受极了，我真羞于把这种凄凉的景象呈现在我最敬爱的师长之前，而许师却从容一如平时，干脆不去写黑板了，而把他写好的讲义，放在我的课桌上，亲身站在我面前，认真讲课直到下课铃声叮当叮当地响起来。

我的毕业论文《中国小说名著四种研究》，是在许师的指导下完成的。草稿缴上去，许师仔细看了一过，大为嘉许，予评语曰："将五百年流行于世之白话文文学四种，提高眼光，纵横研究，叙述扼要，论断得当，足征好学覃思，确有心得。惟谓《红楼梦》全书出自一手，此处尚有可商。余多精彩，淘佳构也。"给了评分九十五分。这篇论文中的两部分：《中西小说之比较》和《〈红楼梦〉研究》，后来分别发表在一九四七年和一九四八年的《东方杂志》上。

许师的评语使我感奋。草稿上的错字及点画未真的字均蒙许师细心剔出，提正于纸端，如列兵似的站着，又如小学生作文簿上的光景，尤其令一向赋性粗疏的我惭感难忘，这以后命笔属文时自然就小心多了。

我从华西大学毕业未久，许师也终因受不住旧势力的排挤，离开了那繁华热闹的地方，到重庆歌乐山考试院去度过了几年半隐遁的生涯。这几年中，虽是音讯中断，然而许师的影像总是常存脑膜。它督我自新，催我振奋，在漂流无定的教师生涯中，社会的污暗尚不至沦我于不拔，许师精神感召的力量是宏深的。

抗战胜利后我到重庆，又在歌乐山欣晤到我所崇钦的先生了。他身体犹健，风貌如昔。其时我正和青年友人们在沙坪坝办了一个《文化新报》的小报，每周一期，以"重科学、争民主、求进步"为宗旨，配合当时国共两党的和谈运动。承许师惠赐鸿文和题写刊头，给我们支援奖掖很大。报纸主要成员是当时中央大学的学生，后来中大复员南京，加上经费筹措困难，这个周刊便不得不像其他文化刊物一样短命夭折了。

一九四六年夏，许师应陈仪聘（他们是日本东京留学时的同学）到台湾主持编译馆事，抵台不久，即函召我去那边工作。我怀着希望和欢喜无限的心情，于七月初启程，从流东下，路上几经障阻，八月底始到达台北。那时编译馆人才极盛，有李霁野、李何林、杨云萍、谢似颜等诸先生，真是众星璀璨。方展宏图，不料中经"二.二八"事变，政府改组，编译馆遂告撤销，一切希望和欢喜都付诸泡影了。

原来计划编写的有较新观点能适合本省需要的中小学教材于是只能半途而废，成为一堆废纸。仅有一套由许先生主编的《光复文库》，约二三十种，后来终于由台湾书店印行，和读者见了面。我的几篇讽刺童话，也以《龙门童话集》为书名，由李何林先生审稿，列为其中的一种。

当刚宣布政府改组，陈仪离职，由魏道明继任省主席，还未宣布编译馆撤销的时候，五月中旬，魏主席来台履新，各机关职员都去机场迎接。许馆长也率领了本馆编辑以上的职员乘车到机场去。机场跑道两旁早已密匝匝地排列了迎迓的长队。看见许先生头戴白台草帽，手持黑布阳伞，带着有些勉强的笑容鹄候道旁的情景，使我心里不由产生了"一官白头，飘零海外"的苦涩难受的感觉。

魏主席是迎接来了，可是来台第三天就宣布了编译馆撤销，未了的工作由省教育厅接办。消息来得太突然，使百多人的编译馆同事落入不知所措的状态。后来大家分析，不外有以下三个原因：一是许师是鲁迅先生三十年的老友，思想有"左倾"嫌疑，所邀来馆工作的职员，含"左倾"进步色彩的，也不乏其人，如李何林、李霁野等；二是所编教本或读物，不合官方口味，亦有"左倾"嫌疑；三是"二.二八"事变后，本馆有张、刘两位同事以共党嫌疑被捕（说他们是事变的策划者），许馆长知其无辜，亲自坐车去将他们从警备司令部保释出来。

编译馆撤销后，许师随即就任台湾大学中文系系主任，两位李先生也随同去了。那里已有多人，工作难于安排，我仍留在编译馆后身的教育厅编审委员会供职。这里其实是个善后性质的闲散机关，整天没有多少要紧的事情可做。我就常到省图书馆去借些杂书来观览，读了《山海经》《古史辨》和《诸子集成》之类二三十部书，渐对神话研究有了兴趣。又从沈雁冰先生的《神话杂论》一书中受到启发，那上面说：

"中国神话不但一向没有集成专书，而且散见于古书的，亦复非常零碎，所以我们若想整理出一部中国神话来，是极难的。"少年时期酷爱童话也喜欢古典文学的我，这时就想尝试做难度较大的整理中国神话的工作。后来读了钟毓龙先生四厚册的《上古神话演义》，觉得他把神话和历史搅做一团，驳杂不伦，不是整理中国神话的途径，就更从相反方面加强了我去尝试一下的决心。

于是我就在一九四七年下半年和一九四八年年初之间，开始搜集资料，草拟提纲，想写出一本《中国古代神话》的小书来。许师住青田街的寓所我是常去的，某次又因其他事情去见许师，顺便把我这种想法告诉许师知道。治学一向严谨的许师，初以为我的设想未免过奢，经我说明不过是小规模的尝试之后，许师这才微笑点头颔许。清楚地记得不止一次，每当我去拜访许师，离开他家的时候，许师送我出门，穿着中式长袍的他，魁伟的身材，白发红颜，笑眯眯地站在纸扇门旁，看我坐在玄关的阶前，挟着一只装文稿杂物的小竹箱，穿自己的鞋子——那时去台湾工作的人员，住的大都是日本人留下的木头房子，进出门都要脱鞋、穿鞋——的情景，心里就觉得温暖、亲切。哪知为时不久，许师就惨遭了不幸。

二月十九日上午，正在机关伏案工作，忽传许师家里出了惨案：有说许师被杀，有说许师家人被杀，真是晴天霹雳。急乘车前往探视。到时，许师寓所已被汽车、人力车和围观的人群拥塞着，刑警正在进行侦察，不让进去。一问情由，果系许师被杀身死。事情发生在昨天夜半，凶手越墙进去，径入许师卧室，以柴刀向许师的颈部连砍数刀，创口大而深，许师似在睡梦中，未加抵抗，即行毕命，血染床褥被帐，情状极惨……

　　午后一时，许师寓所侦察完毕，开始放人进去。经花径，直上许师卧间。屋子里弄得极零乱，许师侧卧榻榻米（日本地席）上，身上盖着血染的被条，白发幡然的头露了一半在被条外面，头上也略粘血迹。谁也不敢且不忍去揭开被条细看。此一忠厚和平的老翁，从此便长眠不醒了。悲从中来，欲泣无泪，因为眼泪全都被愤怒和骇愕所蒸化了。

　　缉捕凶手的事闹了好几天，中间还夹杂些鬼神迷信的事，不知是谁弄的玄虚。起初逮捕了一个嫌疑犯，是许师的远亲周某，后来又被保释。二十三日在台大附属医院公祭许师。早晨才听说凶手已经抓到了，谁也料不到便是前编译馆的工役高万佟。报上有专栏长篇报道此事。据高犯供：因编译馆撤销，他失了业，不得不以偷窃为生。他常去许师家修电灯，早已熟悉门路，且已偷过几次。这次刚进许师屋子，许师醒了，用电筒射他，并抓背后枕头掷他。他在惧怒之下，杀心顿生，乃将随身所带的柴刀向许师砍去，许师呼叫，接连又是几刀，这样老人就毕命了。

　　在公祭场上，大家议论：许师既在醒时被砍身死，应有搏斗阻格痕迹，何以手上脸上都无刀伤，几刀都在颈部的一侧，显系在熟睡中毫无抵抗便被斫毕命。至于现场零乱的光景，则完全可以事后人为，是不足为据的。但凶手既然供认如此，议论也不过是议论而已。

上午九时，公祭开始，与祭的人约二三百，前编译馆同事大都见到了。同事中有华大同学陈嗣英，也是许师的学生，正从灵堂走出，眼睛红湿，脸白如霜。公祭毕送许师遗体去火葬场火化。警局派专车两乘，押凶手及所盗赃物前来示众。高万伻被解下车，两手反缚，立人巷中，脸色褐黄，一眼略斜，带愚顽相。旋解去。

二十七日送许师挽联云——

希望寄前途，一代儒宗遽损，应教盈睚倾予泪；
典型留后世，三千桃李同悲，何来逆竖夺师魂！

请洪鉴先生写在两幅三码长的白布上，尚大方可看。二十九日又去中山纪念堂参加许师的追悼会，到会人数略如公祭那天。台上悬遗像，下列大花圈若干，除"党国"要人所献者外，内中赫然还有蒋中正所献的一个大花圈，两旁则是挽联林立。行礼如仪后，由台湾师范学院院长李季谷报告许师生平事迹，又由台大陆校长和谢似颜教授致哀辞，便散会去法院听公审高万伻。高供词大略如前，无甚可听。不久这个凶手便弄去枪毙了。听说在行刑前，高万伻母妹来向他诀别，亲人之间颇表现了些凄恻的情景。大家怀疑此凶犯是否便是仅因偷盗而杀害许师的真凶。我自己更是惊怔不已，疑莫能明。作为一个忠厚长者，纯以读书治学为务，无悔于人、无争于世的许师，而有青田街寓所的惨祸，真是太可伤痛了！如此时事，我还能说什么，还有什么可说呢！

　　一九四八年三月初稿于台北，一九九二年二月订补于成都。

朱永新感悟：

　　许寿裳先生是鲁迅的终生好友，著有《鲁迅的思想和生活》《亡友鲁迅先生印象记》《回忆鲁迅》等多种传记作品。作为他的学生，袁珂先生在文章中讲述了许多老师的故事。首先是老师的仪态表情："于慈祥和蔼中带着威严，可亲而不可犯"，让学生产生敬畏之心；其次是老师的精神状态，充沛而有青春的活力："一进许师的课堂，却奇迹般地，我的全部心魂都紧紧被许师摄住，先前的坏学生忽然变成好学生了"；最后是老师的敬业用心：即使只有一两个学生，备课与讲课都一丝不苟，认真严谨。那一堂让袁珂一辈子难以忘怀的"传记研究"的课程，那一本被老师批改修订得密密麻麻的毕业论文，都见证了真正的老师的师道和精神。这样的精神，是能够照亮学生的前行路程的。正如袁珂所说:"它督我自新,催我振奋,在漂流无定的教师生涯中,社会的污暗尚不至沦我于不拔,许师精神感召的力量是宏深的。"

王力

　　王力（1900—1986），广西博白县人。著名语言学家、教育家、翻译家。先后就读于清华大学国学研究院、法国巴黎大学，历任清华大学、燕京大学、广西大学、昆明西南联合大学、岭南大学、中山大学、北京大学教授，中国科学院哲学社会科学部委员，当选为中国人民政治协商会议全国委员会第四、五、六届委员，第五、六届常务委员会委员，兼任国家语言文字工作委员会顾问、中国语言学会名誉会长等。代表作有《中国音韵学》《中国现代语法》《中国古代文化常识》《汉语史稿》《诗词格律》《古代汉语》（主编）等。

怀念赵元任先生 / 王力

去年（1981）5 月 17 日，赵元任先生从美国回到北京。这是他在新中国成立后第二次回北京。第一次在 1973 年春天，周恩来总理会见了他。这次回来，邓小平副主席会见了他，中国社会科学院宴请了他，北京大学聘他为名誉教授。他的女儿赵如兰教授说，元任先生最满意的一件事是去年夏天他同女儿女婿回国来了。的确是这样，他的高兴的心情我看得出来，所以我两次劝他回国定居。他说他在美国还有事情要处理，他回去再来。去年 12 月，清华大学打电话告诉我，元任先生已决定回国定居，我高兴极了。不料今年 (1982) 3 月他就离开了我们。

在去年 6 月 10 日北京大学授予赵元任先生名誉教授称号的盛会上，我致了颂词。我勉励我的学生向元任先生学习，学习他的博学多能，学习他的由博返约，学习他先当哲学家、文学家、物理学家、数学家、音乐家，最后成为世界闻名的语言学家。

我在 1926 年考进清华大学研究院，当时我们有四位名教授：梁启超、王国维、赵元任、陈寅恪。我们同班的三十二位同学只有我一个人跟元任先生学习语言学，所以我和元任先生的关系特别密切。我常常到元任先生家里看他。有时候正碰上他吃午饭，赵师母笑着对我说："我们边吃边谈吧，不怕你嘴馋。"有一次我看见元任先生正在弹钢琴，弹的是他自己谱写的歌曲。耳濡目染，我更喜爱元任先生的学问了。

　　我跟随元任先生虽只有短短的一年，但是我在学术方法上受元任先生的影响很深。后来我在《中国现代语法》自序上说，元任先生在我的研究生论文上所批的"言有易，言无难"六个字，至今成为我的座右铭。事情是这样的：我在研究生论文《中国古文法》里讲到"反照句"、"纲目句"的时候，加上一个（附言）说："反照句、纲目句，在西文罕见。"元任先生批云："删附言！未熟通某文，断不可定其无某文法。言有易，言无难！"这是对我的当头棒喝。但是我还没有接受教训。就在这一年，我写了另一篇论文《两粤音说》。承蒙元任先生介绍发表在《清华学报》上。这篇文章说两粤没有撮口呼。1928年元任先生去广州调查方言，他写信告诉当时在巴黎的我说，广州话里就有撮口呼，并举"雪"字为例。这件事使我深感惭愧。我检查我犯错误的原因，第一，我的论文题目本身就是错误的。调查方言只能一个一个地点去调查，决不能两粤作为一个整体来调查。其次，我不应该由我的家乡博白话没有撮口呼来推断两粤没有撮口呼，这在逻辑推理上是错误的。由于我在《两粤音说》上所犯的错误，我更懂得元任先生"说有易，言无难"的道理。

我 1927 年在清华研究院毕业后，想去法国留学，元任先生鼓励我，说法国有著名的语言学家，我可以去法国学习语言学。从此以后，我和元任先生很少见面了。但是，元任先生始终没有忘记我。1928 年夏天，他把他的新著《现代吴语的研究》寄去巴黎给我，在扉页上用法文写着"avec compliments de Y. R. Chao"（"赵元任向你问好"）。1939年 6 月 14 日，他从檀香山寄给我一本法文书《时间与动词》，在扉页上用中文写着"给了一兄看"。1975 年，他从美国加州寄给我一本用英文写的《早年自传》，在扉页上写着"送给了一兄存"。我至今珍藏着这三本书。元任先生每十年写一封"绿色的信"，印寄不常见面的亲戚朋友，我收到他的第二封和第五封。

我常常对我的学生说，元任先生之所以能有那么大的成就，就是因为基础打得好。1918 年他在哈佛大学取得了哲学博士学位，那时他才二十六岁。1919 年他回到他的母校康乃尔大学当物理学讲师。1921 年，英国哲学家罗素来中国讲学，元任先生当翻译，他是以此为荣的。1922 年，他翻译了《阿丽思漫游奇境记》。1925 年，他从欧洲归国后，在清华大学教数学。在 20 年代，元任先生谱写了许多歌曲，如《叫我如何不想他》等，撰写了一些有关乐理的论文。哲学、文学、音乐、物理、数学，都是和语言学有密切关系的科学，这些基础打好了，搞起语言学来自然根深叶茂，取得卓越的成果。他写的《现代吴语的研究》《南京音系》《广西瑶歌记音》《钟祥方言记》《湖北方言调查》（主编）、《广州话入门》《北京话入门》《中国话的文法》《语言问题》等，都是不朽的著作。我们向元任先生学习，不但要学习他的著作，还要学习他的治学经验和学术方法。

元任先生是中国的学者，可惜他在中国居住的时间太少了。据他的《自传》所载，他 1901 年至 1919 年在美国住了十年，1920 年至 1921 年在中国，1921 年至 1924 年在美国，1924 年至 1925 年在欧洲，1925 年至 1932 年在中国，1932 年至 1933 年在美国，1933 年至 1938 年在中国，1938 年至 1982 年在美国居住四十四年（1973 年、1981 年回国两次）。假使他长期住在中国，当能对中国文化做出更大的贡献。据我所知，中华人民共和国成立以来，我们的政府一直争取元任先生返国，最后将近实现了，而元任先生却与世长辞。这不但使我们当弟子的深感哀痛，我国语言学界也同声叹息。最后，我把我的挽诗一首写在下面，来表示我的悼念之情：

离朱子野逊聪明，
旷世奇才绝代英。
提要钩玄探古韵，
鼓琴吹笛谱新声。
剧怜山水千重隔，

不厌搢轩万里行。

今后更无青鸟使，

望洋遥莫倍伤情！

朱永新感悟：

王力先生是语言学大师，在汉语语法学、音韵学、词汇学、汉语史、语言学史等各个方面都作出了开创性贡献。赵元任是对他影响最大的老师。赵元任夫妇非常喜欢王力的诚实、朴拙与勤勉，经常留他在家中吃饭，成为真正的"入室弟子"，学到了许多在课堂上学不到的知识。老师的渊博学识与多才多艺也对王力产生了重要影响，让他意识到"哲学、文学、音乐、物理、数学，都是和语言学有密切关系的科学"。王力先生的毕业论文是由梁启超和赵元任共同指导完成的，梁启超对他的论文评价颇高，赵元任则提出严厉批评："删附言！未熟通某文，断不可定其无某文法。言有易，言无难！"此后的另一篇论文《两粤音说》再次受到老师的批评，"言有易，言无难"成为他日后做学问的重要信条。梁启超的激赏是一种欣赏与鼓励之爱，赵元任的批评则是一种严格与期待之爱，他们的治学经验与学术方法，都成为王力先生的精神财富。

吴组缃

　　吴组缃（1908—1994），安徽泾县人，著名作家。1929年考入清华大学，先后任教于西南联大和南京金陵女子文理学院。1949年后，任北京大学中文系教授，并担任全国文学作者协会委员、中国文联理事、中国作协理事、中国作协书记处书记、《人民文学》编委、北京市文联委员、北京市作协副主席、《红楼梦》研究会会长等。著有《一千八百担》《长西柳集》《饭余集》《鸭嘴涝》《吴组缃小说散文集》《说稗集》《宿草集》等。

清风明月，高山流水——我心中的俞平伯先生 / 吴组缃

　　俞平伯先生过去了。他享有九十高龄。照中国的旧说法，应该说这是"顺事"，但是俞先生在我心目中占有特殊的位置，我还是不胜悲戚。

　　我在少年时候就读他的新诗《冬夜》《西还》等书，当时许多篇可以背得出来："养在缸中，栽在盆中，你的辛苦，我的欢欣。"像这样的诗句常常给我很大的感动和启发，因此我至今还能记得这些诗句的大意。朱自清、俞平伯是五四运动的两位新作家，新诗人，他们的作品对广大青年有深刻的影响。我就是其中之一。

　　我在30年代初，在清华读书的时候，俞先生是中文系的讲师。我要在这里说明，在我们那个时期，讲师和教授在我们脑子里是一样的崇高，没有什么高下。那时俞先生住在南院，他同余冠英兄住处同院，我常到南院去。俞先生往往热情地要我到他屋里坐谈。谈的时候完全把我当成朋友，虽然我比他年小很多。我们上下古今无所不谈，而且他一点也没有把我当成学生看待。他主动地写条幅字给我。那时他同周作人特别亲密，并代我向周作人要了四张屏条。他们的字都写得认真工

整，可惜以后多次搬迁都丢掉了。他有个人特殊的爱好，就是喜欢唱昆曲。他请了一位年老的笛师，常常在星期假日全家人都到圆明园废墟去呆一整天。我很喜欢他们唱的曲子。以后清华请了溥侗（红豆馆主）先生，开了教唱昆曲的课。我受俞先生的影响，也选了这门课。可溥先生对学生要求过严，我慢慢地就退下来了。俞先生知道了，也没有责备我。我选过俞先生两门课，一门是"词选"，他讲的内容绝不是考证和诠释词句，而是用他自己的感受引导我们来欣赏这些名作。比如李白的菩萨蛮"平林漠漠烟如织，寒山一带伤心碧"，我们问什么是"伤心碧"，他讲了足足有半堂课，引导我们体会作者的感情加上他自己的联想，使我们能在一个广阔的领域来体会作品丰富的情思。他的这些见解都收在他的《读词偶得》这本书里。他对我的重要影响，就是叫我拿起一种古代文学作品来总是先从鉴赏方面来探索，而对当时流行的考证或注释不怎么感兴趣。朱自清先生也说，"你不适宜做考证工作"。这不能不说当时是受俞先生的影响。有一次余冠英兄告诉我，他作了一首词，其中有一句"两瓣黄叶走墙荫"，自以为这句词很好。但俞先生说，好是好，可不入格。可见词是有"格"的。而我还没有学到这水平。

　　俞先生还给我们开了一门课"小说史"，就是"中国古代小说研究"。他的教法很特别，是把所有的有关资料，如鲁迅的"小说史略"，胡适的关于中国明清小说的考证，以及其他的零碎资料指定叫我们自己看，进行思考和研究。甚至同顾颉刚、胡适之一封有关的通信也印发给我们参考。他自己要上课的话，就叫注册课贴一张布告说俞先生哪天上课。不贴布告，他就不上课。他上课的时候就说，"我两个星期没来上课了，你们对小说研究有什么收获？我这两个星期对小说得有两点想法：第一点是什么，第二点是什么"，说完了，他就点头下课，往往不过十五分钟或二十分钟。当时我们对俞先生这种教法是最欢迎的了。因为他安排我们和他一块儿来动脑筋，读作品，收集资料，研究作品，而不是把我们放在一个被动的受教的地位。

俞先生在北京文化界里，人人都知道他和周作人最亲密，而且很尊重周作人。可是在日本占领北京的时候，周作人被拉下水去。在这点上俞先生绝不受影响，他巍然自主，一心帮助北京做地下工作的，和爱国人士，从不考虑自己的安全，全力相助，使他们达到目的。这不能不叫人肃然起敬，设身处地，这是非常难能可贵的。解放以后，他衷心拥护共产党，对新中国的建立欢喜得像个小孩子一样。

1954 年忽然来了个《红楼梦》研究批判，正是以他为主展开的，以后发展成为一个大规模的政治运动，这是大家都没想到的。那时，我们经常在一起开会，他像平常一样，不显出紧张和反感。他说："我正好趁此机会好好地学习。"第一次批判他，是在作家协会古典文学部，主持人是郑振铎先生，他点我第一个发言。我把这次当成一个学术讨论会。因此，我对俞先生的《红楼梦》研究提了几点意见，对李希凡、蓝翎两位的文章也提了几点意见，表示参加讨论的意思。当时有几位，都是我的熟人，狠狠地批判了我一顿，说我在唯物主义和唯心主义激烈战斗的时候，站在中间向两边打枪。休息的时候，我问郑先生，这是怎么回事，这是学术问题还是政治问题？郑先生笑着说，"你年轻的都不知道，我哪里知道"。可是周扬同志坐在旁边，没有作声。他站起来同我握手，说我的发言很好。可见当时有些领导同志也不认为是政治问题。后来这个批判运动大大发展了，俞先生就说我不应该那样发言，也是思想落后。

　　回顾俞先生的一生，我在一首悼念他的诗中说他平生略如"清风明月，高山流水"。这是他留在我心中的风仪。我认为我对他这个比拟大致不差。

朱永新感悟：

　　吴组缃先生在这篇文章中回忆了自己在清华大学读书时俞平伯先生对他的教诲与影响。有几点特别深刻的印象：一是平等的师生关系。俞平伯与学生平等相处，没有半点的"师道尊严"。他完全把学生当成朋友，经常邀请学生到自己的房间坐谈交流，"上下古今无所不谈"。二是启发式的教学方式。俞平伯开设的"中国古代小说研究"等课程，不搞大水漫灌的填鸭式教育，而是鼓励学生自己收集资料，自己研究问题，然后与学生一起讨论交流，这样的教学方式使学生变被动学习为主动探索，受到学生的广泛好评。三是重欣赏轻考证的学习方法。俞平伯在指导学生阅读古代作品时，没有采取当时流行的考证或注释方法，而是主张首先要激发兴趣，从鉴赏方面来探索。这三个方面都体现了俞平伯以学生为本的教育主张与教育智慧，今天仍然有其重要的意义。

李亦园

　　李亦园（1931—2017），出生于福建省泉州市，人类学家，台北"中央研究院"院士。先后就读于台湾大学和哈佛大学，历任"中央研究院"民族学研究所研究员、所长，台湾清华大学人文社会学院首任院长等，研究领域涉及人类学、文化学、比较宗教学等，著有《人类的视野》《文化的图像》《文化与行为》《信仰与文化》《人文学概论》等。

永怀师恩——记受恩于傅斯年先生的一段往事 / 李亦园

　　一位伟大的教育家，不但在大处塑造一个时代的学风，而且也常常在小处替一个青年人安排好一生的路程。已故台湾大学校长傅斯年先生就是这样的一位教育家。

　　傅孟真先生于 1949 年 1 月接任台大校长，至 1950 年 12 月 20 日因脑溢血猝逝于"台湾省议会"议场，前后主持台大校务尚不足二年。但是在这短短的二年中，他却为台大树立优良的学风，并为台湾的学术研究立下不拔的根基。作为台大的一分子，作为台湾学术研究圈内的成员，我和其他的人一样对傅先生怀有无限敬仰之意。可是，就我个人求学的历程来说，我却另对傅先生怀有一种终生无尽感念之情。

　　我是 1948 年 9 月考取台大历史系，当时傅先生尚未出任台大校长，而学校也因时局及屡次更换校长正处于极不安定的情况下，但是当傅先生莅任数个月后，一切校务都很快地上了轨道。傅先生不但在很短期间内稳定了整个学校的行政，而且"带"来大批在国内学术界极负盛名的学者。傅先生自己是学历史的，同时也是中央研究院历史语言研究所的负责人，因此随他南下的学者，有很多是史学家，更有不少著名的考古学家、人类学家，如李济、董作宾、凌纯声、芮逸夫诸先生也都来到台大。当我在历史系读完一年而进入二年级时，我们真是高兴得不得了，因为我们不但可以接触到很多史学大家，并且可以直接聆教于从前只能在教科书上看到大名的考古学者与人类学者，我在接受他们教益之余，已深深地为这些新的科目所吸引住了。而在此时，在傅先生的策划下，新成立的考古人类学系也自历史系分出，所以当我读完历史二年级时，我就决定转系去读考古学与人类学了。

当我正兴高采烈准备办理转系之时，一件重大的困难出现了。考古人类系是在傅先生来后半年，也就是1949年秋天才奉准设立的，到1950年秋季我读完史学系二年级要升三年级时，该系只有二年级，所以不能收我为三年级的学生，假如我一定要转，就得降一班就读，也就是目前所说的"降转"。我当时兴趣很浓，而且追随名师之心甚切，并不在乎多读一次二年级，不过问题并不在于我自己是否愿意降一班就读，而是在于降一班即不能保有我赖以就学的"奖学金"。原来在1951年以前，考取台大的学生成绩在每班前百分之五者，可以得到全额奖学金，我在入学时很幸运地能得到这份奖学金，这份奖学金不仅是荣誉，而且是我赖以继续在台大就学的保障，因为当时家里经济的支援中断，假如没有奖学金，就不能再读下去。可是奖学金顾名思义是奖给成绩好的学生，如何能奖给降班的学生呢？所以当我办转系时，教务处就告诉我不能再保有奖学金了，这对我真是进退两难，而且心里很不服气，虽说我是"降班"的学生，但并非因成绩不及格而降，而是学校没有三年级可读才"屈就"的，我以此与教务处的人争辩，但他们总无法通融，即使是当时的教务长，也就是傅先生逝世后继任台大校长的钱思亮先生也爱莫能助。不过他告诉我，这种有关规则的事假如要改变，恐怕要校长批准才行，他要我写一张说明去见校长。

　　傅校长是一个喜欢与学生接触的校长，他来校后没多久，我们已见过他好几面，特别是史学系的学生，更有机会碰到他，但是单独去见他，对于一个二年级的学生来说，确实有点胆怯，不过为了自己的兴趣，我终于硬着头皮去见傅先生。他读了我的报告，没有立刻表示可否，却是先问了我三个问题：头一个问题是为什么要转考古人类学系？我说明了我的兴趣与想法后，他点头表示满意。在我稍嫌冗长地说明时，他一面燃着烟斗，呼呼地抽烟，一面注意地听，现在想来，以他那样繁忙的工作，却肯听一个初入门的学生诉说志愿，实在是不多见的。接着他又问我知不知道读人类学的人经常要去做田野工作，那是很苦而且要离家很长久的事，估量过自己能忍受得了吗？我回答说我相信自己能忍受。接着他又问我是否知道读这一行"冷门"，将来只有教书或研究的路，那是不能赚钱的行业吗？我回答说我来自一个教书的家庭，我对教书或研究有兴趣。傅先生听完我的回答后，没有再说别的，立刻在我的报告上批了准予保留奖学金。于是，我就满怀欢欣地离开校长室去办手续了。

现在想起这段事，虽然已隔了二十八年之久，但是仍然历历如在眼前，因为这一件事关系我一生的历程至大，当时假如不是有一位这样开明的校长，我可能就要被迫放弃转读人类学的企图，而以后的发展，也很可能就大有不同了。所以每当我想起这段往事，总是对这位良师怀念不已，所幸我并没有太过辜负傅先生帮助我转读人类学的苦心，如今我仍留在人类学研究的领域里，我也继续留在台大的考古人类学系担任教职，同时也特别对那些真正有心要转读人类学、考古学的人都给予帮助与关切。今天考古人类学系在学的学生中，仍有三四位转学来的同学大都能体会出我的这番心意。我想傅先生地下有知，也许会同意我把他施于我身上的"恩"，再转之于新生一代的身上去的。

1978 年

朱永新感悟：

这篇文章不长，讲述了一个感人的故事。当年的李亦园先生因为酷爱人类学，宁愿降级转系学习人类学，但是受到学校规章制度的限制难以如愿。李亦园只好面见校长,傅斯年问了三个关键的问题:为什么要转考古人类学系?是否知道读人类学需要经常去做艰苦而且经常离家很久的田野工作,估量过自己能忍受得了吗?是否知道人类学是"冷门"的行业,将来只有教书或研究的路,而不能赚大钱吗?得到了肯定而坚毅的回答后,校长立即签字同意。就是这件"小事"成就了一个伟大的人类学家。我们难以想象,如果校长没有爱心,如果校长也像教务部门那么固守成规,如果不喜欢倾听学生的意见,如果不能够设身处地为学生的未来着想,可能李亦园会走上完全不同的道路。的确如此,"一位伟大的教育家,不但在大处塑造一个时代的学风,而且也常常在小处替一个青年人安排好一生的路程"。

汪曾祺

汪曾祺（1920—1997），江苏高邮人，中国当
代小说家、散文家、戏剧家。1939年考入西南联
大中国文学系。1940年开始创作小说。历任《北
京文艺》《说说唱唱》《民间文学》编辑和北京京
剧院编剧。1985年当选中国作家协会理事，1996
年被推选为中国作家协会顾问。主要作品有《受
戒》《晚饭花集》《逝水》《晚翠文谈》《端午的鸭
蛋》等。

沈从文先生在西南联大 / 汪曾祺

沈先生在联大开过三门课：各体文习作、创作实习和中国小说史。

三门课我都选了，——各体文习作是中文系二年级必修课，其余两门是选修。西南联大的课程分必修与选修两种。中文系的语言学概论、文字学概论、文学史（分段）……是必修课，其余大都是任凭学生自选。

诗经、楚辞、庄子、昭明文选、唐诗、宋诗、词选、散曲、杂剧与传奇……选什么，选哪位教授的课都成。但要凑够一定的学分（这叫"学分制"）。一学期我只选两门课？那不行。自由，也不能自由到这种地步。

创作能不能教？这是一个世界性的争论问题。很多人认为创作不能教。我们当时的系主任罗常培先生就说过：大学是不培养作家的，作家是社会培养的。这话有道理。沈先生自己就没有上过什么大学。他教的学生后来成为作家的，也极少。但是也不是绝对不能教。沈先生的学生现在能算是作家的，也还有那么几个。问题是由什么样的人来教，用什么方法教。现在的大学里很少开创作课的，原因是找不到合适的人来教。偶尔有大学开这门课的，收效甚微，原因是教得不甚得法。

教创作靠"讲"不成。如果在课堂上讲鲁迅先生所讥笑的"小说作法"之类，讲如何作人物肖像，如何描写环境，如何结构，结构有几种——攒珠式的、橘瓣式的……那是要误人子弟的，教创作主要是让学生自己"写"。

沈先生把他的课叫作"习作""实习"，很能说明问题。如果要讲，那"讲"要在"写"之后。就学生的作业，讲他的得失。教授先讲一套，让学生照猫画虎，那是行不通的。

沈先生是不赞成命题作文的，学生想写什么就写什么。但有时在课堂上也出两个题目。沈先生出的题目都非常具体。我记得他曾给我的上一班同学出过一个题目："我们的小庭院有什么"，有几个同学就这个题目写了相当不错的散文，都发表了。

他给比我低一班的同学曾出过一个题目："记一间屋子里的空气！"我的那一班出过些什么题目，我倒不记得了。沈先生为什么出这样的题目？他认为：先得学会车零件，然后才能学组装。

我觉得先做一些这样的片段的习作，是有好处的，这可以锻炼基本功。现在有些青年文学爱好者，往往一上来就写大作品，篇幅很长，而功力不够，原因就在零件车得少了。

沈先生的讲课，可以说是毫无系统。前已说过，他大都是看了学生的作业，就这些作业讲一些问题。他是经过一番思考的，但并不去翻阅很多参考书。沈先生读很多书，但从不引经据典，他总是凭自己的直觉说话，从来不说亚里斯多德怎么说、福楼拜怎么说、托尔斯泰怎么说、高尔基怎么说。他的湘西口音很重，声音又低，有些学生听了一堂课，往往觉得不知道听了一些什么。

沈先生的讲课是非常谦抑，非常自制的。他不用手势，没有任何舞台道白式的腔调，没有一点哗众取宠的江湖气。他讲得很诚恳，甚至很天真。但是你要是真正听"懂"了他的话，——听"懂"了他的话里并未发挥罄尽的余意，你是会受益匪浅，而且会终生受用的。听沈先生的课，要像孔子的学生听孔子讲话一样："举一隅而三隅反。"

沈先生讲课时所说的话我几乎全都忘了（我这人从来不记笔记）！我们有一个同学把闻一多先生讲唐诗课的笔记记得极详细，现已整理出版，书名就叫《闻一多论唐诗》，很有学术价值，就是不知道他把闻先生讲唐诗时的"神气"记下来了没有。我如果把沈先生讲课时的精辟见解记下来，也可以成为一本《沈从文论创作》。可惜我不是这样的有心人。

沈先生关于我的习作讲过的话我只记得一点了，是关于人物对话的。我写了一篇小说（内容早已忘干净），有许多对话。我竭力把对话写得美一点，有诗意，有哲理。沈先生说："你这不是对话，是两个聪明脑壳打架！"从此我知道对话就是人物所说的普普通通的话，要尽量写得朴素。不要哲理，不要诗意。这样才真实。

沈先生教写作，写的比说的多，他常常在学生的作业后面

写很长的读后感，有时会比原作还长。这些读后感有时评析本
文得失，也有时从这篇习作说开去，谈及有关创作的问题，见
解精到，文笔讲究。——一个作家应该不论写什么都写得讲究。
这些读后感也都没有保存下来，否则是会比《废邮存底》还有
看头的。可惜！

　　沈先生教创作还有一种方法，我以为是行之有效的，学生
写了一个作品，他除了写很长的读后感之外，还会介绍你看一
些与你这个作品写法相近似的中外名家的作品。

　　记得我写过一篇不成熟的小说《灯下》，记一个店铺里上
灯以后各色人的活动，无主要人物、主要情节，散散漫漫。沈
先生就介绍我看了几篇这样的作品，包括他自己写的《腐烂》。
学生看看别人是怎样写的，自己是怎样写的，对比借鉴，是会
有长进的。这些书都是沈先生找来，带给学生的。因此他每次
上课，走进教室里时总要夹着一大摞书。

　　沈先生就是这样教创作的。我不知道还有没有别的更好的
方法教创作。我希望现在的大学里教创作的老师能用沈先生的
方法试一试。

　　学生习作写得较好的，沈先生就做主寄到相熟的报刊上发
表。这对学生是很大的鼓励。多年以来，沈先生就干着给别人
的作品找地方发表这种事。经他的手介绍出去的稿子，可以说
是不计其数了。

我在一九四六年前写的作品，几乎全都是沈先生寄出去的。他这辈子为别人寄稿子用去的邮费也是一个相当可观的数目了。为了防止超重太多，节省邮费，他大都把原稿的纸边裁去，只剩下纸芯。这当然不大好看。但是抗战时期，百物昂贵，不能不打这点小算盘。

沈先生教书，但愿学生省点事，不怕自己麻烦。他讲《中国小说史》，有些资料不易找到，他就自己抄，用夺金标毛笔，筷子头大的小行书抄在云南竹纸上。这种竹纸高一尺，长四尺，并不裁断，抄得了，卷成一卷。上课时分发给学生。

他上创作课夹了一摞书，上小说史时就夹了好些纸卷。沈先生做事，都是这样，一切自己动手，细心耐烦。他自己说他这种方式是"手工业方式"。他写了那么多作品，后来又写了很多大部头关于文物的著作，都是用这种手工业方式搞出来的。

沈先生对学生的影响，课外比课堂上要大得多。他后来为了躲避日本飞机空袭，全家移住到呈贡桃园新村，每星期上课，进城住两天。文林街二十号联大教职员宿舍有他一间屋子。他一进城，宿舍里几乎从早到晚都有客人。客人多半是同事和学生，客人来，大都是来借书，求字，看沈先生收到的宝贝，谈天。

沈先生有很多书，但他不是"藏书家"，他的书，除了自己看，也是借给人看的，联大文学院的同学，多数手里都有一两本沈先生的书，扉页上用淡墨签了"上官碧"的名字。

　　谁借了什么书，什么时候借的，沈先生是从来不记得的。直到联大"复员"，有些同学的行装里还带着沈先生的书，这些书也就随之而漂流到四面八方了。

　　沈先生书多，而且很杂，除了一般的四部书、中国现代文学、外国文学的译本，社会学、人类学、黑格尔的《小逻辑》弗洛伊德、亨利·詹姆斯、道教史、陶瓷史、《髹饰录》《糖霜谱》……兼收并蓄，五花八门。

　　这些书，沈先生大都认真读过。沈先生称自己的学问为"杂知识"。一个作家读书，是应该杂一点的。沈先生读过的书，往往在书后写两行题记。有的是记一个日期，那天天气如何，也有时发一点感慨。有一本书的后面写道："某月某日，见一大胖女人从桥上过，心中十分难过。"这两句话我一直记得，可是一直不知道是什么意思。大胖女人为什么使沈先生十分难过呢？

　　沈先生对打扑克简直是痛恨。他认为这样地消耗时间，是不可原谅的。他曾随几位作家到井冈山住了几天。这几位作家成天在宾馆里打扑克，沈先生说起来就很气愤："在这种地方打扑克！"沈先生小小年纪就学会掷骰子，各种赌术他也都明白，但他后来不玩这些。

　　沈先生的娱乐，除了看看电影，就是写字。他写章草，笔稍偃侧，起笔不用隶法，收笔稍尖，自成一格。他喜欢写窄长的直幅，纸长四尺，阔只三寸。他写字不择纸笔，常用糊窗的高丽纸。他说："我的字值三分钱！"从前要求他写字的，他几乎有求必应。近年有病，不能握笔，沈先生的字变得很珍贵了。

沈先生不长于讲课，而善于谈天。谈天的范围很广，时局、物价……谈得较多的是风景和人物。他几次谈及玉龙雪山的杜鹃花有多大，某处高山绝顶上有一户人家，——就是这样一户！

他谈某一位老先生养了二十只猫。谈一位研究东方哲学的先生跑警报时带了一只小皮箱，皮箱里没有金银财宝，装的是一个聪明女人写给他的信。谈徐志摩上课时带了一个很大的烟台苹果，一边吃，一边讲，还说："中国东西并不都比外国的差，烟台苹果就很好！"谈梁思成在一座塔上测绘内部结构，差一点从塔上掉下去。谈林徽因发着高烧，还躺在客厅里和客人谈文艺。

他谈得最多的大概是金岳霖。金先生终生未娶，长期独身。他养了一只大斗鸡。这鸡能把脖子伸到桌上来，和金先生一起吃饭。他到处搜罗大石榴、大梨。买到大的，就拿去和同事的孩子的比，比输了，就把大梨、大石榴送给小朋友，他再去买！……

沈先生谈及的这些人有共同特点：一是都对工作、对学问热爱到了痴迷的程度；二是为人天真到像一个孩子，对生活充满兴趣，不管在什么环境下永远不消沉沮丧，无机心，少俗虑。这些人的气质也正是沈先生的气质。"闻多素心人，乐与数晨夕"，沈先生谈及熟朋友时总是很有感情的。

文林街文林堂旁边有一条小巷，大概叫作金鸡巷，巷里的小院中有一座小楼。楼上住着联大的同学：王树藏、陈蕴珍（萧珊）、施载宣（萧荻）、刘北汜。当中有个小客厅。这小客厅常有熟同学来喝茶聊天，成了一个小小的沙龙。

沈先生常来坐坐。有时还把他的朋友也拉来和大家谈谈。老舍先生从重庆路过昆明时，沈先生曾拉他来谈过"小说和戏剧"。金先生是搞哲学的，主要是搞逻辑的，但是读很多小说，从普鲁斯特到《江湖奇侠传》。"小说和哲学"这题目是沈先生给他出的。金先生讲了半天，结论是：小说和哲学没有关系。他说《红楼梦》里的哲学也不是哲学。

沈先生在生活上极不讲究。他进城没有正经吃过饭，大都是在文林街二十号对面一家小米线铺吃一碗米线。有时加一个西红柿，打一个鸡蛋。有一次我和他上街闲逛，到玉溪街，他在一个米线摊上要了一盘凉鸡，还到附近茶馆里借了一个盖碗，打了一碗酒。他用盖碗盖子喝了一点，其余的都叫我一个人喝了。

沈先生在西南联大是一九三八年到一九四六年。一晃，四十多年了！

一九八六年一月二日上午

朱永新感悟：

汪曾祺先生写过西南联大的许多老师，每个老师在他的笔下都栩栩如生。我最喜欢的是这篇写沈从文先生的文章。文章不仅把沈从文先生的人格特征与教学方法写得淋漓尽致，也把如何学会写作讲得清清楚楚。沈从文先生读书多而杂，但是他在课堂上却从不卖弄学问，而是从学生的作品中寻找话题，为不同的学生推荐和他的作文类型与风格相关的书籍。他让学生从"小庭院"和"室内的空气"这样的题目开始写起，告诉他们"组装"文章的诀窍。他批改作业非常认真细致，经常是评语比原文还要长。他发现学生的好文章，就推荐到报刊去发表，邮费都是他自己倒贴。他不仅讲授知识与创作的方法，同时注重人格陶冶。他给学生讲名人轶事，金岳霖、林徽因、梁思成、徐志摩等，他们有两个共同特点："一是都对工作、对学问热爱到了痴迷的程度；二是为人天真到像一个孩子，对生活充满兴趣，不管在什么环境下永远不消沉沮丧，无机心，少俗虑。"其实，这些人的气质也正是沈从文先生的气质。

季羡林

　　季羡林（1911—2009），山东省聊城市临清人。著名语言学家、文学家、史学家、教育家和社会活动家。曾任中国科学院哲学社会科学部委员、北京大学副校长等。早年留学德国，精通12国语言。译著有《安娜·西格斯短篇小说集》《沙恭达罗》《五卷书》《古印度寓言故事集》《优哩婆湿》《罗摩衍那》等，著有《印度简史》《印度古代语言论集》《大唐西域记校注》《敦煌吐鲁番吐火罗语研究导论》《东方文学史》《禅与东方文化》等学术著作和散文集《清塘荷韵》《留德十年》《清华园日记》等，汇编成24卷《季羡林文集》。

回忆恩师：遥远的怀念 / 季羡林

　　唐代的韩愈说："古之学者必有师。师者，所以传道、受业、解惑也。"今之学者亦然。各行各业都必须有老师。"师父领进门，修行在个人。"虽然修行要靠自己，没有领进门的师父，也是不行的。

　　我这一生，在过去的六十多年中，曾有过很多领我进门的师父。现在虽已年逾古稀，自己也早已成为"人之患"（"人之患，在好为人师"），但是我却越来越多地回忆起过去的老师来。感激之情，在内心深处油然而生。我今天的这一点点知识，有哪一样不归功于我的老师呢？从我上小学起，经过了初中、高中、大学一直到出国留学，我那些老师的面影依次浮现到我眼前来，我仿佛又受了一次他们的教诲。

　　关于国内的一些老师，我曾断断续续地写过一些怀念的文章。我现在想写一位外国老师，这就是德国的瓦尔德施密特教授。

　　我于 1934 年从清华大学西洋文学系毕业，在故乡济南省立高中当了一年国文教员。1935 年深秋，我到了德国，在哥廷根大学学习。从 1936 年春天起，我从瓦尔德施密特教授学习梵文和巴利文。我在清华大学读书时曾旁听过陈寅恪先生的

"佛经翻译文学"。我当时就对梵文产生了兴趣。但那时在国内没有人开梵文课，只好画饼充饥，徒唤奈何。到了哥廷根以后，终于有了学习的机会，我简直是如鱼得水，乐不可支。

教授也似乎非常高兴。他当时年纪还很轻，看上去比他的实际年龄更年轻，他刚在哥廷根大学得到一个正教授的职位。他是研究印度佛教史的专家，专门研究新疆出土的梵文贝叶经残卷。除了梵文和巴利文外，还懂汉文和藏文，对他的研究工作来说，这都是不可缺少的。我一个中国人为什么学习梵文和巴利文，他完全理解。因此，他从来也没有问过我学习的动机和理由。第一学期上梵文课时，班上只有三个学生：一个乡村牧师，一个历史系的学生，第三个就是我。梵文在德国也是冷门，三人成众，有三个学生，教授就似乎很满意了。

教授的教学方法是典型的德国式的。第一年梵文（正式名称是：为初学者开设的梵文）每周两次，每次两小时。德国大学假期特长特多。每学期上课时间大约只有二十周，梵文上课时间共约八十小时，应该说是很少的。但是，我们第一学期就学完了全部梵文语法，还念了几百句练习。在世界上已知的语言中，梵文恐怕是语法变化最复杂、最烦琐，词汇量最大的语言。语法规律之细致、之别扭，哪一种语言也比不上。能在短短的八十个小时内学完全部语法，是很难想象的。这同德国的外语教学法是分不开的。

第一次上课时，教授领我们念了念字母。梵文字母也是非常啰唆的，绝对不像英文字母这样简明。无论如何，第一堂课我觉得颇为舒服，没感到有多大压力。我心里满以为就会这样舒服下去的。第二次上课就给了我当头一棒。教授对梵文非常复杂的连声规律根本不加讲解。教科书上的阳性名词变化规律他也不讲。一下子就读起书后面附上的练习来。这些练习都是一句句的话，是从印度梵文典籍中选出来的。梵文基本上是一种死文字。不像学习现代语言那样一开始先学习一些同生活有关的简单的句子：什么"我吃饭""我睡觉"等。梵文练习题里面的句子多少都脱离现代实际，理解起来颇不容易。教授要我读练习句子，字母有些还面生可疑，语法概念更是一点也没有。读得结结巴巴，译得莫名其妙，急得头上冒汗，心中发火。下了课以后，就拼命预习。一句只有五六个字的练习，要查连声，查语法，往往要做一两个小时。准备两小时的课，往往要用上一两天的时间。我自己觉得，个人的主观能动性真正是充分调动起来了。过了一段时间，自己也逐渐适应了这种学习方法。头上的汗越出越少了，心里的火越发越小了。我尝到了甜头。

　　除了梵文和巴利文以外，我在德国还开始学习了几种别的外语。教学方法都是这个样子。相传19世纪德国一位语言学家说过这样的话："拿学游泳来打个比方，我教外语就是把学生带到游泳池旁，一下子把他们推下水去。如果他们淹不死，游泳就学会了。"这只是一个比方，但是也可以看出其中的道理。

虽然有点夸大，但道理不能说是没有的。在"文化大革命"中，我自己跳出来，成了某一派"革命"群众的眼中钉、肉中刺，被"打翻在地，踏上了一千只脚"，批判得淋漓尽致。我宣传过德国的外语教学法，成为大罪状之首，说是宣传德国法西斯思想。当时一些"革命小将"的批判发言，百分之九十九点九是胡说八道，他们根本不知道，这种教学法兴起时，连希特勒的爸爸都还没有出世哩！我是"死不改悔"的顽固分子，今天我仍然觉得这种教学法能充分调动学生的积极性，尽早独立自主地"亲口尝一尝梨子"，是行之有效的。这就是瓦尔德施密特教授留给我的第一个也是最深的一个印象。

　　从那以后，一直到1939年第二次世界大战爆发，他被征从军为止，我每一学期都必选教授的课。我在课堂上（高年级的课叫做习弥那尔，即Seminar）读过印度古代的史诗、剧本，读过巴利文，解读过中国新疆出土的梵文贝叶经残卷。他要求学生极为严格，梵文语法中那些古里古怪的规律都必须认真掌握，决不允许有半点马虎和粗心大意，连一个字母他也决不放过。学习近代语言，语法没有那样繁复，有时候用不着死记，只要多读一些书，慢慢地也就学通了。但是梵文却绝对不行。梵文语法规律有时候近似数学，必须细心地认真对付。教授在这一方面是十分认真的。后来我自己教学生了。我完全以教授为榜样，对学生要求严格。等到我的学生当了老师的时候，他们也都没有丢掉这一套谨严细致的教学方法。教授的教泽真可谓无远弗届，流到中国来，还流了几代。我也总算对得起我的老师了。

瓦尔德施密特教授的专门研究范围是新疆出土的梵文贝叶经。在这一方面，他是蜚声世界的权威。他的老师是德国的梵文大家吕德斯教授，也是以学风谨严著称的。教授的博士论文以及取得在大学授课资格的论文，都是关于新疆贝叶经的。这两本厚厚的大书，里面的材料异常丰富，处理材料的方式极端细致谨严。一张张的图表，一行行的统计数字，看上去令人眼花缭乱，头脑昏眩。我一向虽然不能算是一个马大哈，但是也从没有想到写科学研究论文竟然必须这样琐细。两部大书好几百页，竟然没有一个错字，连标点符号，还有那些稀奇古怪的特写字母或符号，也都是个个确实无误，这实在不能不令人感到吃惊。德国人一向以彻底性自诩。我的教授忠诚地保留了德国的优良传统。留给我的印象让我终生难忘，终生受用不尽。

但是给我教育最大的还是我写博士论文的过程。按德国规定，一个想获得博士学位的学生必须念三个系：一个主系和两个副系。我的主系是梵文和巴利文，两个副系是斯拉夫语文系和英国语文系。指导博士论文的教授，德国学生戏称为"博士父亲"。怎样才能找到博士父亲呢？这要由教授和学生两个方面来决定。学生往往经过在几个大学中获得的实践经验，最后决定留在某一个大学跟某一个教授做博士论文。德国教授在大学里至高无上，他说了算，往往有很大的架子，不大肯收博士生，害怕学生将来出息不大，辱没了自己的名声。越是名教授，收徒弟的条件越高。往往经过几个学期的习弥那尔，教授真正觉得孺子可教，他才点头收徒，并给他博士论文题目。

对我来讲，我好像是没有经过那样漫长而复杂的过程。第四学期念完，教授就主动问我要不要一个论文题目。我听了当然是受宠若惊，立刻表示愿意。他说，他早就有一个题目《〈大事〉伽陀中限定动词的变化》，问我接受不接受。我那时候对梵文所知极少，根本没有选择题目的能力，便满口答应。题目就这样定了下来。佛典《大事》是用所谓"混合梵文"写成的，既非梵文，也非巴利文，更非一般的俗语，是一种乱七八糟杂凑起来的语言。这种语言对研究印度佛教史、印度语言发展史等都是很重要的。我一生对这种语言感兴趣，其基础就是当时打下的。

题目定下来以后，我一方面继续参加教授的习弥那尔，听英国语文系和斯拉夫语文系的课，另一方面就开始读法国学者塞那校订的《大事》，一共厚厚的三大本，我真是争分夺秒，"开电灯以继晷，恒兀兀以穷年"。我把每一个动词形式都做成卡片，还要查看大量的图书杂志，忙得不可开交。此时国际环境和生活环境越来越恶劣。吃的东西越来越少，不但黄油和肉几乎绝迹，面包和土豆也仅够每天需要量的三分之一至四分之一。黄油和面包都掺了假，吃下肚去，咕咕直叫。德国人是非常讲究礼貌的。但在当时，在电影院里，屁声相应，习以为常。

天上还有英美的飞机，天天飞越哥廷根上空。谁也不知道，什么时候会有炸弹落下，心里终日危惧不安。在自己的祖国，日本军国主义者奸淫掳掠，杀人如麻。"烽火连三年，家书抵亿金。"我是根本收不到家书的。家里的妻子老小，生死不知。我在这种内外交迫下，天天晚上失眠。偶尔睡上一点，也是噩梦迷离。有时候梦到在祖国吃花生米。可见我当时对吃的要求已经低到什么程度。几粒花生米，连龙肝凤髓也无法比得上了。

我的论文就是在这种情况下慢慢地写下去的。我想，应当在分析限定动词变化之前写上一篇有分量的长的绪论，说明"混合梵语"的来龙去脉以及《大事》的一些情况。我觉得，只有这样，论文才显得有气派。我翻看了大量用各种语言写成的论文，做笔记，写提纲。这个工作同做卡片同时并举，经过了大约一年多的时间，终于写成了一篇绪论，相当长。自己确实是费了一番心血的。"文章是自己的好"，我自我感觉良好，觉得文章分析源流，标列条目，洋洋洒洒，颇有神来之笔，值得满意的。我相信，这一举一定会给教授留下深刻印象，说不定还要把自己夸上一番。当时欧战方殷，教授从军回来短期休假。我就怀着这样的美梦，把绪论送给了他。美梦照旧做了下去。

隔了大约一个星期，教授在研究所内把文章退还给我，脸上含有笑意，最初并没有说话。我心里咯噔一下，直觉感到情势有点不妙了。我打开稿子一看，没有任何改动。只是在第一行第一个字前面划上了一个前括号，在最后一行最后一个字后面划上了一个后括号。整篇文章就让一个括号括了起来，意思就是说，全不存在了。这真是"坚决、彻底、干净、全部"消灭掉了。我仿佛当头挨了一棒，茫然、懵然，不知所措。这时候教授才慢慢地开了口："你的文章费劲很大，引书不少。但是都是别人的意见，根本没有你自己的创见。看上去面面俱到，实际上毫无价值。你重复别人的话，又不完整准确。如果有人对你的文章进行挑剔，从任何地方都能对你加以抨击，而且我相信你根本无力还手。因此，我建议，把绪论统统删掉。在对限定动词进行分析以前，只写上几句说明就行了。"

　　一席话说得我哑口无言，我无法反驳。这引起了我的激烈的思想斗争，心潮滚滚，冲得我头晕眼花。过了好一阵子，我的脑筋才清醒过来，仿佛做了黄粱一梦。我由衷地承认，教授的话是完全合情合理的。我由此体会到：写论文就应该是这个样子。

　　这是我一生第一次写规模比较大的学术论文，也是我第一次受到剧烈的打击。然而我感激这一次打击，它使我终生头脑能够比较清醒。没有创见，不要写文章，否则就是浪费纸张。有了创见写论文，也不要下笔千言，离题万里。空洞的废话少说不说为宜。我现在也早就有了学生了。我也把我从瓦尔德施密特教授那里接来的衣钵传给了他们。

　　我的回忆就写到这里为止。文章不怎么样。差幸我没有虚构，全是大实话，这对青年们也许还不无意义吧。

朱永新感悟：

季羡林先生写过不少怀念自己老师的文章，如中学老师鞠思敏、清华的老师陈寅恪等，这里选了他撰写的关于德国老师瓦尔德施密特的一篇文章，他曾经坦言，在德国的十年求学生涯中瓦尔德施密特对他以后的学术人生影响很大。两个细节给我留下深刻印象，一是学梵文，作为世界上"语法变化最复杂、最烦琐，词汇量最大的语言"，瓦尔德施密特创造了让学生独立自主地全身心投入学习的方法，直接学习文本，充分调动个人的主观能动性。二是写论文，瓦尔德施密特删除了他精心撰写的长篇论文绪论，告诉他：没有创见就不要写文章，有了创见也不要下笔千言，离题万里。空洞的废话少说不说为宜。这样的态度与方法直接影响了季羡林先生的教学与研究风格。他在《留德十年》里也深情回忆自己的恩师"备课充分，讲解细致，威仪俨然，一丝不苟"，"今天我会的这点东西，哪一点不包含着教授的心血呢？不管我今天的成就还是多么微小，如果不是他怀着毫不利己的心情对我这个素昧平生的异邦青年加以诱掖教导的话，我能有什么成就呢？所有这一切我能够忘记得了吗"？

余英时

　　余英时（1930—2021），出生于中国天津，哈佛大学史学博士，历史学家、汉学家，台湾"中央研究院"院士、美国哲学学会院士。任教于密歇根大学、哈佛大学、香港中文大学等。2006年获美国国会图书馆颁发的克鲁格人文与社会科学终身成就奖，2014年获首届唐奖汉学奖。致力于中国思想史和文化史研究，著有《士与中国文化》《朱熹的历史世界》《方以智晚节考》《论戴震与章学诚》《重寻胡适历程》《宋明理学与政治文化》等。

犹记风吹水上鳞——敬悼钱宾四师 / 余英时

> 海滨回首隔前尘，犹记风吹水上鳞。
> 避地难求三户楚，占天曾说十年秦。
> 河间格义心如故，伏壁藏经世已新。
> 愧负当时传法意，唯余短发报长春。

八月三十一日深夜一时，入睡以后突得台北长途电话，惊悉钱宾四师逝世悲痛之余，心潮汹涌，我立刻打电话到钱府，但钱师母不在家中，电话没有人接，所以我至今还不十分清楚钱先生（我一直是这样称呼他的，现在仍然只有用这三个字才能表达我对他的真实情感）逝世的详情，不过我先后得到台北记者的电话已不下四五起，都说他是在很安详的状态下突然去的，这正是中国人一向所说的"无疾而终"。这一点至少给了我很大的安慰。今年七月，我回到台北参加"中央研究院"的会议，会后曾第一次到钱先生的新居去向他老人家问安。想不到这竟是最后一次见到他了，走笔至此禁不住眼泪落在纸上。

最近十几年，我大概每年都有机会去台北一两次，多数是专程，但有时是路过。而每次到台北，无论行程怎么匆促，钱先生是我一定要去拜谒的。这并不是出于世俗的礼貌，而是为一种特殊的情感所驱使。我们师生之间的情感是特别的，因为它是在患难中建立起来的；四十年来，这种情感已很难再用"师生"两个字说明它的内容了。但最近两三年来，我确实感到钱先生的精神一次比一次差。今年七月初的一次，我已经不敢说他是否还认识我了。但是他的身体状态至少表面上还没大变化。所以他的突然逝世对我还是一件难以接受的事。

我对于钱先生的怀念，绝不是短短一两篇，甚至三五篇"逝世纪念"那种形式化的文字所能表达得出来的，而且我也绝不能写那样的文字来亵渎我对他老人家的敬爱之情。所以我现在姑且回想我最初认识他的几个片段，为我们之间四十年的师生情谊留下一点最真实的见证，同时也稍稍发抒一下我此时的哀痛。以后我希望有机会写一系列文字来介绍他的思想和生平，但那必须在我的情绪完全平复以后才能下笔。

我在前面所引的诗。是我五年以前祝贺钱先生九十岁生日的四首律诗的最后一首，说的正是我们在香港的那一段岁月。我第一次见到钱先生是一九五零年的春天，我刚刚从北京到香港，那时我正在北京的燕京大学历史系读书。我最初从北京到香港，自以为只是短期探亲，很快就会回去的。但是到了香港以后，父亲告诉我钱先生刚刚在这里创办了新亚书院，要我去跟钱先生念书。我还清楚地记得父亲带我去新亚的情形。

钱先生虽然在中国是望重一时的学者，而且我早就读过他的《国史大纲》和《中国近三百年学术史》，也曾在燕大图书馆中参考过《先秦诸子系年》，但是他在香港却没有很大的号召力。当时新亚书院初创，学生一共不超过二十人，而且绝大多数是从大陆来的难民子弟，九龙桂林街时代的新亚更谈不上是"大学"的规模，校舍简陋得不成样子，图书馆则根本不存在：整个学校的办公室只是一个很小的房间，一张长桌已占满了全部空间。我们在长桌的一边坐定不久，钱先生便出来了。

我父亲和他已见过面。他们开始寒暄了几句。钱先生知道我愿意从燕京转来新亚，便问问我以前的读书情况。他说新亚初创，只有一年级。我转学便算从二年级的下学期开始，但必须经过一次考试，要我第二天来考。我去考试时，钱先生亲自出来主持，但并没有给我考题，只叫我用中英文各写一篇读书的经历和志愿之类的文字：交卷以后，钱先生不但当场看了我的中文试卷，而且接着又看我的英文试卷。这多少有点出乎我的意料之外。我知道钱先生是完全靠自修成功的，并没有受到完整的现代教育、他怎么也会看英文呢？我心中不免在问。

很多年以后，我才知道他在写完《国史大纲》以后，曾自修过一年多的英文，但当时我是不知道的。阅卷之后，钱先生面带微笑，这样我便被录取了，成为新亚书院文史系二年级第二学期的学生了。这是我成为他的学生的全部过程。现在回想起，这是我一生中最值得引以为傲的事。因为钱先生的弟子尽管遍天下，但是从口试、出题、笔试、阅卷到录取，都由他一手包办的学生，也许我是唯一的一个。

　　钱先生给我的第一印象是个子虽小，但神定气足，尤其是双目炯炯，好像把你的心都照亮了。同时还有一个感觉，就是他是一个十分严肃、不苟言笑的人。但是这个感觉是完全错误的，不过等到我发现这个错误，那已是一两年以后的事了。

　　当时新亚学生很少，而程度则参差不齐。在国学修养方面更是没有根基，比我还差的也大有人在。因此钱先生教起课来是很吃力的，因为他必须尽量迁就学生的程度。我相信他在新亚教课绝不能与当年在北大、清华、西南联大时相提并论。我个人受到他的教益主要是在课堂之外。他给我的严肃印象，最初使我有点敬而远之，后来由于新亚师生人数很少，常常有同乐集会，像个大家庭一样，慢慢地师生之间便熟起来了。熟了以后，我偶尔也到他的房间里面去请教他一些问题，这样我才发现他真是"即之也温"的典型。而后来我父亲也在新亚兼任一门西洋史，他常常和我们一家人或去太平山顶或去石澳海边坐茶馆，而且往往一坐便是一整天，这便是上面所引诗中的"犹记风吹水上鳞"了。钱先生那时偶尔还有下围棋的兴趣，陈伯庄先生是他的老对手，因为两人棋力相等。我偶尔也被他让几个子指导一盘，好像我从来没有赢过。

　　这样打成一片以后，我对钱先生的认识便完全不同了。他原本是一个感情十分丰富而又深厚的人。但是他毕竟有儒学的素养，在多数情况下，都能够以理驭情，恰到好处。我只记得有一次他的情感没有完全控制好，那是我们一家人请他同去看一场电影，是关于亲子之情的片子。散场以后，我们都注意到他的眼睛是湿润的。不用说，他不但受了剧情的感染，而且又和我们一家人在一起，他在怀念着留在大陆的子女。但这更增加了我对他的敬爱。有一年的暑假，香港奇热，他又犯了严重的胃溃疡，一个人孤零零地躺在一间空教室的地上养病。我去看他，心里真为他感到难受。我问他：有什么事要我帮你做吗？他说：他想读王阳明的文集。我便去商务印书馆给他买了一部来。我回来的时候，他仍然是一个人躺在教室的地上，似乎新亚书院全是空的。

我跟钱先生熟了以后，真可以说是不拘形迹，无话不谈，甚至彼此偶尔幽默一下也是有的。但是他的尊严永远是在那里的，使你不可能有一分钟忘记。但这绝不是老师的架子，绝不是知识学问的傲慢，更不是世俗的矜持。他一切都是自自然然的，但这是经过人文教养浸润以后的那种自然。我想这也许便是中国传统语言所谓的"道尊"，或现代西方人所说的"人格尊严"。

这种尊严使你在他面前永远会守着言行上的某种分寸，然而又不觉得受到什么权威的拘束。说老实话，在五十年代初的香港，钱先生不但无权无势，连吃饭都有困难，从世俗的标准看，哪里谈得上"权威"两个字？这和新亚得到美国雅礼协会的帮助以后，特别是新亚加入中文大学以后的情况，完全不同。我们早期的新亚学生和钱先生都是患难之交，以后雅礼协会和哈佛燕京社都支持新亚了，香港大学又授予他荣誉博士学位，钱先生在香港社会上的地位当然遽速上升。但是就个人的亲身体验而言，钱先生则依然故我，一丝一毫也没有改变：发展以后的新亚迁到了嘉林边道。

我仍然不时到他的房间里聊天，不过常不免遇到许多形形色色的访客。有一次，一位刚刚追随他的文史界前辈也恰好在座，忽然这位先生长篇大段地背诵起文章来了，我没有听清楚是什么，钱先生有点尴尬地笑，原来他背诵的是钱先生几十年前在北平图书馆馆刊上所发表的一篇文字。这一切都和钱先生本人毫不相干。一九六零年春季，钱先生到耶鲁大学任访问教授，我曾两度去奉谒，他和钱师母也两度到康桥来做客。他们临行前，还和我们全家同去一个湖边木屋住了几天。我们白天划船，晚上打麻将，这才恢复到我们五十年代初在香港的那种交游。钱先生还是那么自然、那么率真、那么充满感情，但也依然带着那股令人起敬的尊严。

上面描写的钱先生的生活的一面，我想一般人是不十分清楚的。我能比较完整地看到这一面也是出于特殊机缘造成的。钱先生从来不懂得哗众取宠，对于世俗之名也毫无兴趣，更不知道什么叫作"制造社会形象"或"打知名度"。这些"新文化"是向来和他绝缘的，因此他不会在和人初相识时便有意要留下深刻的印象。他尤其不肯面对青年人说过分称誉的话。除非有五十年代香港的那种机缘，钱先生的真面目是不易为人发

现的。他对《论语》"人不知而不愠"那句话，深信不疑，而
近于执着。五十年代初他和我闲谈时也不知提到了多少次，但
他并不是向我说教，不过触机及此罢了。

上面说到我得到钱先生的教益主要是在课堂以外，这也有
外缘的关系，我在新亚先后只读了两年半，正值新亚书院最艰
困的时期，钱先生常常要奔走于香港与台北之间，筹募经费。
一九五零年年底，他第一次去台北，大约停留了两三个月，好
像五一年的春季，他没有开课。五一年冬他又去了台北，不久
便发生了在联合国同志会演讲而礼堂倒塌的事件，钱先生头破
血流，昏迷了两三天，几乎死去，所以整个五二年春季他都在
台湾疗养。五二年夏初，新亚书院举行第一届毕业典礼，我是
三个毕业生之一，但钱先生还没有康复，以致竟未能赶回香港
参加。所以我上钱先生的课，一共不过一个半学年而已。事实
上，我有机会多向钱先生私下请益是在他伤愈回港以后，也就
是我毕业以后。

自从获得钱先生逝世的消息，这几十小时之内，香港五
年的流亡生涯在我心中已重历了无数次。有些记忆本已隐没甚
久，现在也复活了起来。正如钱先生所说，忘不了的人和事才
是我们的真生命。我这篇对钱先生的怀念主要限于五十年代的
香港，因为这几年是我个人生命史上的关键时刻之一。我可以
说，如果我没有遇到钱先生，我以后四十年的生命必然是另外
一个样子。这就是说：这五年中，钱先生的生命进入了我的生

命，而发生了塑造的绝大作用。但是反之则不然，因为钱先生的生命早已定型，我在他的生命史上则毫无影响可言，最多不过如雪泥鸿爪，留下一点浅浅的印子而已。

钱先生走了，但是他的真精神、真生命并没有离开这个世界，而延续在无数和他有过接触的其他人的生命之中，包括像我这样一个平凡的生命在内。

朱永新感悟：

本文作于一九九零年，选自《钱穆与现代中国学术》。钱穆先生（字宾四）是余英时先生的老师，两位都是著名的国学大师。老师去世时，作为学生的余英时曾经撰写了一副挽联：

一生为故国招魂，当时捣麝成尘，未学斋中香不散。

万里曾家山入梦，此日骑鲸渡海，素书楼外月初寒。

钱穆先生创办新亚学院时，已是"望重一时的学者"，出版过《国史大纲》《中国近三百年学术史》等很有影响的著作。而余英时也已经是燕京大学历史系的在校学生。钱穆说，他办新亚书院不是为了教学生，而是为中国文化招募一批义勇军。余英时就是第一位"甘愿追随他绵延文脉、复兴国故的义勇军"。文章中没有过多地描写知识传授与课堂教学的细节，但是钱穆对学生的影响是通过人格的力量和精神的感召实现的。

初创时期的艰辛难以想象，钱穆先生生病时躺在教室里，经费
拮据时奔走于香港台北之间募集办学之需，为中国文化薪火相
传殚精竭虑，余英时耳濡目染，刻骨铭心，为他日后传承弘扬
中华文化奠定了精神的基础。真正的师生传承，就是这样进行
的。正如余英时在文章最后所说：老师的"真精神、真生命并
没有离开这个世界，而延续在无数和他有过接触的其他人的生
命之中，包括像我这样一个平凡的生命在内"。

李政道

　　李政道（1926—2024），祖籍江苏苏州，物理学家，美国国家科学院院士，中国科学院外籍院士，哥伦比亚大学教授，诺贝尔物理学奖获得者。先后就读于浙江大学、昆明国立西南联合大学和美国芝加哥大学，曾任加利福尼亚大学伯克利分校助理研究员和讲师、哥伦比亚大学教授、普林斯顿高等研究院教授等。研究领域涉及量子场论、基本粒子理论、核物理、统计力学、流体力学、天体物理等。学术著作有《场论简引和粒子物理》《物理学中的数学方法》《场论与粒子物理学》等。

费米在芝加哥大学留下的记忆 / 李政道

我是费米在上个世纪 40 年代的研究生，这是非常激动人心的经历。当然，在那个年代，芝加哥大学教授和学生整体水平是相当了不起的，再加上费米的加入。我是 1946 年秋从中国直接过来的。这开始了我的专业生涯。

我来芝加哥的理由之一，当然是知道费米在那儿，另外一个理由是因为我只有两年大学学历，而芝加哥大学是仅有的可录取我直接进入研究生课程的学校。

在与费米商定博士论文题目时，曾经有过几个题目可以选。第一个题目与费米关系较小，受到当时的物理研究的进展的影响较多。

那是在 1948 年，杰克·斯坦伯格（Jack Steinberger）是我的同学。他做了一个关于 mu 介子（现在名称为缪子）衰变的实验，发现了它具有一个连续谱。杨振宁、马歇尔·罗森布鲁斯（Marshall Rosenbluth）和我分析了三个过程：mu 介子衰变、mu 介子俘获，和 β 衰变。我们非常高兴地发现它们的耦合常数大致相同。

在那个时候，我已经是费米的学生了，当时这一切发生得太快。杰克·斯坦伯格已经作出 mu 介子存在一个连续谱的实验结论，但是他不知道如何计算这个谱，这就是我被牵涉进去的原因。他过来问我，我用三体衰变理论做出来了（自然，这计算也是基于费米的弱作用理论）。

在这个基础上，我与杨振宁和罗森布鲁斯合作，我们一起计算了这三个过程。之后，我告诉了费米这些计算结果，他很感兴趣。他说："你们必须将这些写出来。"我说，问题是为什么它们必须具有相同的耦合常数。我认为，这里面肯定隐藏着像广义相对论那样的最根本原理。我当时非常自觉地应用费米的 β 衰变理论。我问他，为什么他当初的 β 衰变理论使用字母 G 代表 β 衰变耦合常数，他告诉我，的确，在他的脑子里含有广义相对论的想法。

之后，几个月过去了，因为存在几点困难。例如，中间波色子必须拥有质量，可是这质量是如何产生的？在 1948 年圣诞节前后，费米打电话让我去他办公室。他说他刚刚收到来自蒂欧姆诺（Tiomno）和惠勒（Wheeler）的两篇文章。

他们也分析了这三个过程，并且发现了具有相同的耦合常数。但是他们没有推测到中间波色子。我曾经向费米提起过，我正在考虑存在一个中间波色子的可能，但是我不能搞定不变原则。当年，还不知道可能存在一个统一的弱相互作用，因为只有费米的 β 衰变理论。

但是一旦我们将 β 衰变和 mu 介子衰变、mu 介子俘获这三个作用，一起研究：这三个不同的过程引导我们更进一步的思考。所以我们推测，一定存在一个中间波色子，这个中间波色子很重，且有一个普适的耦合常数。问题是怎么样能够将 V 和 A 两种不同的 β 衰变存在一种选择规则，与同一个中间波色子耦合：因为在 1948 年，大家公认宇称必须守恒。

我向恩里科·费米提到了这个问题，他有同感。这就是我们没有立刻写下来的原因。但是到圣诞节时惠勒的文章到了，费米说，你们必须马上写出来。

同时，费米对我说，他会给惠勒他们写信，告诉他们，我们在几个月前已经做了这些工作。在那个圣诞节，杨振宁和罗森布鲁斯外出度假去了，因此，我匆忙地写了一篇短文，署上了三个人的名字。那是我的第一篇文章。在物理评论杂志上，它只占半页纸。文中，有一段专门讲述中间波色子，普适耦合，它很重，寿命很短。多年之后，我和杨振宁称它为"W"，代表 Weak（衰弱）作用。

这是我第一次直接（一对一）与费米较长接触。他非常有耐心。在蒂欧姆诺和惠勒的两篇文章里，有一个校对后加上的注解，感谢费米指出他的三个学生在之前也曾经独立地有过相同的思路。

我不认为这是一个合适的博士论文题目，因为我不清楚这个普适相互作用所依据的原理。所以，我的第一篇文章不是费米建议的，他的作用就像是一位好朋友、给以我支持和鼓励。

我的第二个课题与玛丽亚·迈耶（Maria Mayer）的壳

层模型相关。这也发生在 1948 年。在当时，有一篇尤金·芬伯格（Eugene Feenberg）的文章，发现了一种能够适用于复杂原子核内核子的势能。它给出了这些能级。但是这个势能存在一个问题，就是他违反了绝热原则。

玛丽亚在一次学术报告会上讨论了她的文章，有一堆反对意见。在报告会结束时，费米问道，为什么不考虑自旋轨道（l-s）耦合？

之后，我注意到，在下一个星期，举行了另一个学术报告会，可是报告人仍是玛丽亚，而且报告题目相同。这一次，我又去听了，玛丽亚的报告内容大有进步，已经有了最终的壳层模型了，非常漂亮的模型。在玛丽亚的文章中，她感谢费米提出准确的问题的贡献。

在她的诺贝尔奖讲演时，她又一次确认费米提出准确的问题的极其重要的贡献。但是，在这个场合，她说她已经考虑过自旋轨道（l-s）耦合，正好在走廊中碰巧碰见费米，那时他们停下来讨论了幻数问题。在这个版本中，费米问到了自旋轨道（l-s）耦合问题，而当时她已经对这个问题有了答案，马上作了回答。显然，这件事情已经过去了很长时间了，她可能有了不同的记忆。

下面，再说说我从费米那儿得到的下一个题目。他在思考一个问题，因为一个核子在重核中的平均自由程只有大约一个核半径或者更短，非常难于理解如何保持一个轨道使得玛丽亚的分析有意义。

当时，费米有他的执着的想法。在他的早期工作中，在氩原子或者其他惰性气体内，他注意到在一个电子轨道内有可能有很多其他电子。费米利用他的有效散射长度和 Delta 函数模型，这样他可以获得在一种由其他电子云提供的介质中的轨道。这与实验符合得非常好。所以他在考虑同样的思路是否能够解释玛丽亚·迈耶的幻数。

我记得当时他说过，这确实是一个非常好的论文题目。他向我解释。我考虑了大约有一到两个星期。之后，他问起我想清楚了没有，我说，还没有进展。在费米已经完成的工作基础上，我无能开辟一条新的道路。后来，我明白了，真正的困难来自于这个问题的复杂性，它不像费米电子气那样简单，它与强耦合介质有关。

费米教授很有耐心，他说："这是有点棘手。这样吧，我们互换个角色如何？"

他说，总是有些物理问题困惑他，他想寻求答案并且学到更多东西。他建议我给他讲课。我说，我会全力以赴。

在那时，费米主要是做实验。当他录取我为他的学生时，我是他唯一的理论学生。当我首次提出请求时，他说他不想带任何理论学生的。因为当时他没有在理论方面做工作，他正在建造粒子回旋加速器。他正在测量中子——电子相互作用，等等。之后，他说，好啊，他收下了我。但是看上去，这个学生有点挑剔。

　　他要我读文献，然后给他上课。所以，我们每星期会面一次，一起度过一个下午。我去他的实验室找他，然后我们一起去他的办公室。通常，我们会讨论他在上星期提出的一个题目。那时候，他对天体物理学感兴趣，例如，质子与星星碰撞的问题，与宇宙线的关联。

　　一开始，他问我太阳中心温度是多少。我给了他一个报告：说约一千万度左右。他问我是否自己核算过。我说，这里有光强和核心内因对流引起的能量产生的两个关联方程，所以比较复杂。当时，他再一次问我，你怎么知道这答案是正确的。我写出了方程，给他演示了能量转换的规律与温度的 3.5 次方成正比。而能量产生与温度的大约 16 次方成正比。费米说：你不能依靠别人的计算结果，你必须自己核准，才能接受。

　　费米建议，我们也许可以制造一个计算尺来查验一下。他帮助我制作了一个长 6 英尺的计算尺来解题；我还保存有与计算尺一起照的照片。他做了木匠活，我刻制并且摄影放大了 log 尺度的标尺。当我们制作出来后，马上就计算出来了，也许就花了一个小时。我之所以描述这些情节，就是想说明他是一位极卓越的老师，当时（1948 年），费米早已被公认为物理泰斗，而我仅是由中国来美国不久的青年学生。可是费米老师不惜时间和精力，引导我，教育我。

　　费米带着李政道制作了一把可以计算太阳内部温度的计算

尺。计算尺六英尺长，很壮观。这个世界顶级的科学家为此花去整整一周的时间。他以此告诉李政道，"不应盲目接受别人的结论"。

现在回到我的论文题目。我们开始了研究白矮星这个题目和钱德拉塞卡（Chandrasekhar）的工作。当年，钱德拉塞卡极限并不是现在公认的 1.4 个太阳质量，而是 4 倍或者更大。当时并不清楚白矮星的内部组成，不清楚是氢、氦还是其他更重的核子组成的。这就会改变电子和核子数的比例。引力作用在核子上，但是抵抗塌缩的压力来自于电子。所以问题依赖于电子数和核子数之比（实际上是比的平方）。

当年有一篇马尔夏克（Marshak）的文章 [他正与贝特（Bethe）合作]，这篇文章称最可能的组成成分是氢。思路是这样的，因为白矮星的密度很高，从星球的核心到表面的热流会非常的快，假如白矮星的核心温度很低，这就会使燃料燃烧变慢。这也是伽莫夫（Gamow）的想法。他们声称，白矮星是星球的诞生，白矮星可能完全是由氢核子组成。

这样，当时钱德拉塞卡极限是现在公认的极限数的 4 倍，当我试图解读马尔夏克的和马尔夏克与贝特的文章时，我意识到他们的思考可能大有问题，同时，在他们的计算中所用到的致密物质的不透明度也是错的。

我向费米提到了这几点，他建议我给他们写一封信。所以我就给马尔夏克写了信，当时他正在怀俄明州度假。回信相当粗鲁。他说:"你是谁?"当时马尔夏克正与贝特合作,在介子理论方面已经做了很多工作,在事业上有所建树。当然了,以后,我们成了好朋友。总之,他说他会给我答复。我在信中指出了我认为的他错误之处。他给我回信说我是对的。

与此同时,我再进一步考虑:白矮星的内部主要元素究竟是氢,还是氦?仔细想想,我感觉到这白矮星应该全部由氦组成,不是氢组成的。能量产生是温度的一个陡峭函数而能量输出是温度的缓慢函数。

马尔夏克与贝特发现了平衡点,但是这事实上不是一个稳定解,因为如果你稍微增加一些温度,能量产生就会急速增加,整个东西就会爆炸。所以,在费米的鼓励下,我写了这个主题的一篇文章。那篇文章发表在天体物理杂志上。这篇文章再加上对不透明度的正确处理成为我的博士论文(我的论文后来被洛斯阿拉莫斯实验室内对致密物质特性感兴趣的科学家应用)。

费米与众不同。不仅在物理方面,他的成就卓越,在平时待人接物方面,也是非常和善。举例来说,他给我出了一个问题,而我回答道,我不想做,如果碰到通常一位教授,他会说:"见鬼去吧。"但是,费米不是这样,他会说:"好吧,那你来教我。"这需要极大的耐心和和善。我记得当时他是非常忙的,他当年正在做实验,建造芝加哥粒子回旋加速器,等等。

费米具有超凡的领导魅力。他引导人们走向他工作的方向。那时期中,我每个星期与他见一次面。而每次的讨论是一整个下午，一起交谈。我们在一起度过很多时间。我不知道有没有其他任何一位老师会做到这点。当然我的意思是说，这是相当特殊的，但是当时我太年轻，不知道自己多么运气，遇到多么特殊的好老师。

在我到达芝加哥不久，费米开了一门夜间课程，只有被邀请到的学生才能参加。非常幸运，我被邀请到了，这是很特殊的。这门课在 1948 年到 1949 年共进行了约两年。每个星期他都会布置一些问题。当时，费米正在测量中子和电子之间的相互作用，他说，因为中子有一个磁矩，所以你可以尝试利用量子电动力学来计算它。在下个星期我利用了玻恩近似做了计算。

在费米到来之前，我和另一学生穆福·戈德伯格交谈，我们两个得到了相同的答案。之后，费米来了，问我们结果。我们给了他我们的公式。"你们用了玻恩近似？"我们回答道："当然了，你还能用什么？"他向我们解释道，如果你用了玻恩近似，当电子进入后，它就会旋转等。简而言之，我们对于半经典计算的有效性，讨论了人们普遍认为的看法。

取而代之的是，他使用了另外一种途径计算，得到了他的公式。结果是，当有效性范围是正确时，我们的公式就会退化到他的公式，但是，如果不是的话，对于实的中子磁矩和电子，只有他的公式才是对的。当时费米计算了这个问题，因为费米也同时做了实验在测量。而且已经结束了他的测量。所以他正在考虑新的相互作用（超越电磁的作用）。

通常，只要费米宣布他已经做了，我就不再做这个问题，因为他已经导出正确的答案了。

大约在 1952 年，我进入高等研究院不久，穆福·戈德伯格给我打电话，那时他在普林斯顿大学物理系，问我，我们能否一起吃个午饭。他问我有没有看过一篇福迪（Foldy）和沃希森（Wouthuysen）的文章。我说没有。他说："看一下吧，然后再回过来考虑那个电子和中子的问题。"

我看了，十分肯定，我们的公式一字不差地出现在他们的文章中，而且这公式和费米的实验结果完全符合！我吸取了一个教训。如果你得到了一个公式，你相信你的公式是正确的，你应该将数字代入公式作一下计算，可是我和戈德伯格都没有这样做。

当费米说这就是结果，我们中没有一个会产生任何疑问他是否正确，没有一个人会再费心思将数字代入，去与他的实验对比。

费米具有极强的将抽象的事情具体化的理论分析能力，而且他又能设计和执行极有效的实验证明。可以简而言之地说，费米是一位极伟大的理论和实验物理巨人，他也是一位很善教导很能引人深入的超级老师。

朱永新感悟：

　　这篇文章原文是美国布鲁克海文国家实验室的塞巴斯蒂安·怀特（Sebastian White）与李政道先生的对话，原文首发于 2012 年 1 月 18 日的《中国科学报》人物版。收入本书时删除了记者提问而改为李政道先生的自述。费米是著名的物理学家，诺贝尔奖获得者，也是李政道和杨振宁的导师。在文章中，李政道回忆了费米教育学生的许多细节，让我们看到了科学家的教育智慧与情怀。首先，费米注重与学生互换角色，让学生扮演老师讲课，自己则充当学生听课。他故意对李政道说总是有些物理问题困惑自己，很想寻求答案并且学到更多东西，让学生大量阅读文献后给他上课。这样的做法对于提振学生的自信，增强学生对学科前沿知识的了解和把握，具有非常重要的价值。其次，费米强调尽信书不如无书，要求不能简单依靠别人的计算结果，让学生自己验算核准。对天体物理学感兴趣的费米问学生"太阳中心温度是多少"，李政道回答说约一千万度左右。为了验证结果，费米亲自帮助学生制作了一个长 6 英尺的计算尺来解题。一位物理学界的泰斗式人物，居然不惜时间和精力，帮助初来乍到的中国年轻学生，李政道从此坚信"不应盲目接受别人的结论"。再次，费米对于学生的问题极具耐心，对于学生的困难总是及时伸出援手。李政道在研究中遇到的所有问题，费米从来没有像其他教授那样显示出不耐烦的态度，总是和蔼可亲地说："好吧，那你来教我。"殊不知，作为顶尖的科学大家，费米当年正在领导团队建造芝加哥粒子回旋加速器，可谓日理万机。在那样的情形中，费米仍然每周与学生见一次面，每次讨论一整个下午。正如文章最后的评价所说："费米是一位极伟大的理论和实验物理巨人，他也是一位很善教导很能引人深入的超级老师。"

赵
丽
宏

　　赵丽宏（1952—　），出生于上海，散文家、诗人。曾任《萌芽》月刊编辑、编委，上海作协副主席，上海文学杂志社社长，上海文学发展基金会副理事长，中国作协第六、七届全委会委员，中华文化促进会常务理事，民进中央委员等。著有诗集《珊瑚》《沉默的冬青》《抒情诗151首》等，散文集《生命草》《爱在人间》《岛人笔记》等，儿童文学作品《渔童》《童年河》《手足琴》等，报告文学集《心画》《牛顿传》等。多篇作品收入中国大陆、中国香港和新加坡语文教材。作品先后获新时期全国优秀散文集奖、冰心散文奖、上海文学奖、中宣部"五个一"工程奖等多种奖项，2013年获塞尔维亚国际诗歌金钥匙奖。

高贵的宁静——忆王铁仙教授 / 赵丽宏

　　王铁仙老师前不久去世了，他终于摆脱了病魔的纠缠，安静地去了另一个世界。这几天，心里常常回想起和铁仙先生的几十年交往，想起很多难忘的往事。

　　1977 年，我考入华东师大中文系，成为恢复高考后的第一届大学生。王铁仙先生那时还是一位青年教师，他的现代文学作品欣赏课，是大家喜欢的课。他的普通话带着绍兴腔，讲鲁迅的作品，就特别有味道。他在课堂上讲鲁迅的散文，讲徐志摩和李金发的诗，讲郁达夫的小说，都不是简单的介绍，而是独具个性的解读。

　　记得他讲解郁达夫的短篇小说《春风沉醉的晚上》和《迟桂花》，柔石的《为奴隶的母亲》，把作品分析得丝丝入扣，讲得引人入胜，课堂上气氛活跃。对鲁迅的人格和创作风格，铁仙先生有自己的见解，当年在课堂上讲鲁迅的散文《风筝》，他就解读出很多文字背后的情愫和意蕴。

　　他喜欢同学的质疑和提问，从不摆老师的架子。他说："你们可以不同意我的观点，可以坚持自己的看法。我的观点也许不高明，但我是真心这么认为的。"他还说："如果你们觉得我的课太乏味，可以在课堂上做别的事情，看书，写文章，打瞌睡，或者离开，没有关系。"说这些话时，他的态度诚恳，没有一点造作。然而他的课，恰恰是受大家欢迎的。

大学毕业后，铁仙老师一直和我保持着联系，关心着我的创作。他后来当了华东师大的副校长，但还担任着博士生导师。1999年，上海文艺出版社出版了我的四卷本自选集，铁仙先生仔细读了我的书，还写了一篇热情中肯的评论，发表在《文艺报》上，使我再次感受到老师的关怀。

铁仙先生是有影响力的文学评论家，他研究鲁迅，解读瞿秋白，对现当代文学的种种现象，发表过很多有见地的分析和论述。他是瞿秋白的嫡亲外甥，也是国内研究瞿秋白的权威专家。对自己的舅舅，铁仙先生有不同于常人的感情。但是他还是以一个学者严谨的态度，对瞿秋白心路历程和世界观、文学观作了恰如其分的有深度的分析。

读者会记住他对瞿秋白的评价："瞿秋白确实是一个温文尔雅的知识分子，《多余的话》确实表达了他临终前的真实心境。瞿秋白的儒雅风致后面有英雄的胆识，文采风流里面是一以贯之的崇高信念，复杂矛盾的意绪中间弥漫着凛然正气，而且后者是主要的。"

铁仙先生担任华师大副校长时，被人称为"铁校长"，这并非因为他的威严刚硬，只是因为名字中有个铁字。在生活中，铁仙先生随和亲切，没有一点架子。我们常常聚会，一起喝茶，一起聊天。有一次，我有事去华东师大出版社，那时，铁仙先生兼任着出版社总编辑，我去看望他，他邀请我和他一起打乒乓球。在乒乓球桌边，铁仙先生身手矫捷，又抽又削，我不是他的对手。我现在还记得他的朗朗笑声：你想打败我，还要好好操练！

2006 年夏天，大学同班同学阮光页和许红珍夫妇邀请铁仙先生和我一起去杭州，同行的还有从美国回来的戴舫。在西湖畔喝茶时，铁仙先生告诉我，他一直在思考，鲁迅和瞿秋白，为何如此惺惺相惜，如此心灵相通，结下这么深厚的友谊，其中的缘由，很值得研究。我说，你应该把你的这些思考写出来。一个月后，他发来了《相通相契的心灵档案》一文，揭示了鲁迅和瞿秋白的友谊之谜。

2007 年 2 月，此文发表在我主持的《上海文学》上，文章刊出后，引起很大反响，被很多读者称道。铁仙先生对两位在中国现代文学史上举足轻重的人物的解读，对他们的性情、品格和世界观、文学观的分析，对他们之间的真诚相待、互相理解和帮助，作了深入精到的描述和论述，这是两颗相通相契的心灵之遇合。

此文的最后，铁仙先生作出如此结论："人的心灵，是比所有可见的事实加在一起都还要广阔深邃的世界。心灵的奥秘来自人性的多重结构、情感的细微曲折，是探索不尽的。心灵的相通相契同样复杂微妙，尤其是在这样两位杰出人物之间，无法只用抽象的理论、逻辑的推理去破解，也是探索不尽的。"

世上没有圆满的人生。铁仙老师生命的最后几年，一直被病魔纠缠。经过各方努力，他被安排住进了医院。我去医院探望时，我对他说：我们还想继续听你上课呢！他笑着答应了我。那天临走时，铁仙先生对我说："我有件事求你，希望你答应。"我连忙问："什么事？如能帮忙，我一定尽力。"他说："我要出一本散文集，也许是我最后一本书了，想请你为这本书写一篇序，留个纪念。"

老师对学生提这样的要求，我没有任何理由推辞。为写这篇序，我认真读了铁仙先生的书稿。这本题为《平静》的散文集，汇集了铁仙先生二十余年中写的各种题材的散文，是一本有着睿智见识的学者散文，也是一本表达了真性情的文人散文。除了学术论文，他也写一些抒写性灵的散文，虽然数量不多，但偶有所作，总是让人心动，让人窥见一颗历尽沧桑仍保持着纯净的赤子之心。

我很用心地为铁仙先生的散文集写了序，评介了他的文章，也表达了我对他的敬爱。令人欣慰的是，铁仙先生在意识清晰时，看到了这本精美的散文集。

铁仙先生用《平静》作为自己最后一本著作的书名，这也是他借此抒怀，表达出自己的心境。正如他在文章中说的："宁静是一种令人愉悦的气氛，是一种高贵的态度，是一种美的境界，是人可以创造的。"铁仙先生用他的文字，创造出了这样的境界。

朱永新感悟：

　　赵丽宏是我多年的好朋友，他是一个善良厚道、珍惜友谊的性情中人。读过他写徐中玉、钱谷融、王铁仙等老师的文章，为他们亦师亦友的关系而感动。我专门去信询问，有没有专门写中小学老师的文章，他回复我："很抱歉啊，没有好好写过小学和中学的老师，他们都成了我小说中的人物。在《童年河》和《渔童》，有他们的影子。"于是，我自作主张地选择了这篇回忆王铁仙老师的文章。文章不长，但是把铁仙老师"高贵的宁静"写得淋漓尽致。首先，他的课程很有特点，"都不是简单的介绍，而是独具个性的解读"，"把作品分析得丝丝入扣，讲得引人入胜，课堂上气氛活跃"。其次，他的态度非常民主，"喜欢同学的质疑和提问，从不摆老师的架子"，甚至允许学生"在课堂上做别的事情，看书，写文章，打瞌睡，或者离开"。这也从一个层面反映了铁仙老师的自信与宽容。铁仙老师说："宁静是一种令人愉悦的气氛，是一种高贵的态度，是一种美的境界，是人可以创造的。""高贵的宁静"，不仅是丽宏对于铁仙老师的评价，也是优秀老师需要的一种品格。

潘
维

　　潘维（1964—　　），现任北京大学国际关系学院教授，北京大学中国与世界研究中心主任。讲授世界政治理论、中国政治、比较政治、中外政治制度比较、美国社会发展史等课程。代表论著有《法治与民主迷信——一个法治主义者眼中的中国现代化和世界秩序》《信仰人民：中国共产党与中国政治传统》《农民与市场》等。

忆先师陈翰笙 / 潘维

　　将近四分之一个世纪以前，1982 年春末，我 21 岁，考上北大国际政治系的硕士生。管教务的老师通知我：派给你的导师是本系外聘的教授陈翰笙。

　　"谁是陈翰笙？是写戏的阳翰笙吧？"那老师说肯定不是，可也说不清陈翰笙是干什么的。只告诉我，听说陈翰笙曾与李大钊和蔡元培共过事，85 岁了，脾气倔，要学生去他家面试，面试后才决定收不收。天哪，85 岁的人当老师，还是李大钊和蔡元培的同事？

　　我首次见到陈翰笙是在他东华门附近的家。他问我为什么要跟他念书？我说那是系里分配的。不过我很乐意来，因为他是蔡元培和李大钊的同事。我们北大七七级和七八级学生已经捐了款，给这两位在校园立铜像。他问我为什么要念国际政治的研究生？我说，我忒想上研究生，本科学的就是这个，所以只能考这个。随即我就狡狯地转守为攻，"面试"他，"审查"这个无锡老头的"个人历史"。以后的很多年里，我为面试的"成功"纳闷。他喜我"勤学好问"？换了我，大概会立即撵走这不知天高地厚的娃娃。后来经历丰富了，我才知道，那是"缘分"，缘起不灭。

开学了，正式去陈翰笙家上课，他已迁居复兴门外 24 号楼——那时俗称"部长楼"，今天称为"高层板楼"。那"部长楼"并排有两栋，像堵大灰墙立在长安街边，却是 80 年代起始时京城著名的所在，今天称为"高尚社区"的那种。他要我每次来之前打电话预约，电话号码是"邀尔乐临"（1260）。我记数字的本领在那时就臭名昭著，今天更成为学生们的笑话。亏翰老想出这种怪词，这号码我至今还牢牢记得。从此，陈翰笙成为我的启蒙恩师。两年里，我每周去他"106 室"的家中上一次课。每次两小时，单兵教练。

自 1984 年夏毕业，至恩师过世，时间飞过了 20 年。不过 20 年，却天翻地覆，世事全非。当年追随恩师习学国际政治，中国的死敌是苏联。苏联诞生前，恩师就去美国留学。苏联没了，恩师还活着。他的生命跨越了三个世纪！

"106 室"的主人于 2004 年 3 月 13 日仙逝，享高寿 107 岁有余。20 年后去他家吊唁，我所熟悉的"106 室"全然与 20 年前一模一样，从未"装修"过，一件新家具没有，均为旧物，连书桌摆放的位置都没变。当年，他坐桌这边，我坐桌那边，学英文，谈历史，一杯清茶，漫议国事，打赌开心。正是"昔人已乘黄鹤去，此地空余黄鹤楼"。"106 室"低声回荡着先师喜欢的丝竹曲。先师去也，师情犹浓，遗像如生，教诲不敢忘。睹旧物，思故人，满心的惆怅，更有满怀的感动。

兹忆当年师生事，纪念翰老，为自己余生鉴，亦为那精神薪火相传。

"紧逼盯人式"的论文方法

每周去"部长楼"上课，常有意外的惊喜，能见到原只在电影里见过的"高干"名人。因为是固定时间，便能在地铁站见到"文革"时的农民副总理陈永贵。他那时好像固定每周半天，乘地铁去四季青公社上班，而且还戴着那顶标志性的草帽，不过不再有政治含义，只为避免让公众认出来。还能见到的其他名人也不少，比如刘少奇的夫人王光美。

先师无子女，夫人在"文革"时去世，起居由其九妹照看。先师父母生九子，仅存首末两子女，长子先师，另一即九妹。先生的小妹慈眉善目，迄今健在，高寿91岁了。每次去上课，到家落座，她便端来一杯清茶。谈历史时，她有时取椅坐于先生身旁，偶尔取笑先生眼疾，拍着他的手，说他瞎眼不辨人。她给师生关系带来一份轻松，带来了家一般的气氛和爱意。到了80年代中，她年事已高，自己都需人照顾了，返沪养老。她女儿童大夫一家照看先生，直至为先生送终。

与现时不同，陈翰笙对指导研究生是非常认真的。师生就是师生，每周必定要上课的，唯"课堂气氛"轻松愉快。而今许多文科研究生隔周上课，还忙着为导师写书，学生写书给学生念。陈翰笙上课按部就班，1小时教授英文（中译英），1小时谈历史、社会、时政和硕士论文。先生有高朋来访，亦不得逃课，命我移座去听他们的高论。

先生指导论文非常有办法，是紧逼盯人式。

第二次去他家，就把我的论文方向定下来了。他问："你研究外国政治研究哪里？"我说研究第三世界。他说："研究拉美你不懂西班牙文。研究非洲你不懂祖鲁语或者斯瓦西里语，也不懂法文。研究中东你不懂阿拉伯文。所以你只能研究亚洲。研究亚洲的南亚，取得资料太难，研究的人也不少了。研究东北亚你不懂朝鲜文，不懂蒙古文。所以只剩下东南亚了。新加坡最反共，与中国没有外交关系，没有资料。其他国家的语言你也不懂，只好研究当时与中国关系不错的菲律宾了，菲律宾的官话是英文。"我只好说："菲律宾就菲律宾吧。"他说："下个礼拜，你把北大图书馆和国家图书馆所有关于菲律宾的资料拉个清单，拿来给我看。"原来，研究方向可以这样定！后来我把此法略加改进，用于自己带的研究生，屡试不爽。

接下来的一个星期里，我疯狂地往返于北大和北海（当时国家图书馆还在北海旁边）之间。翰老极为重视"资料"，重视到近乎痴迷的地步。他八十多岁了还在主编《华工出国史料汇编》，以及《外国历史小丛书》。他还是外交部国际问题研究所图书馆的创始人，那是世界上几个顶尖的专业图书馆之一，至今使用陈翰笙独创的编目法。好在当时我国有关菲律宾的资料稀少，自麦哲伦登陆后的数百年也没多少中文著述，进口外文书就更少，抄录图书馆卡片就够了。到第三次见面，我拿着手抄的清单去见老师。翰老很满意，很高兴。后来开始教书，就懂得他为什么满意我了：我并不因他近乎失明而偷懒，比今天的多数研究生勤奋、听话。他问，资料大多是关于什么的？我说是关于历史的。他说那就对了，要我认真读菲律宾的历史，找个细点的研究领域，下周来告诉他。

我又废寝忘食地读了一个星期，摸清了菲律宾历史的大线索。菲律宾史大体是民族主义发展史，是民族形成史。到第四次见面，论文题目就定下来了，研究菲律宾民族主义的发展历程。这篇论文说明，帝国主义导致殖民地，殖民地导致民族形成，民族形成导致民族主义，民族主义导致独立，宗主国让殖民地独立时留下民主制，民主制在新帝国主义面前的脆弱导致民族主义的专制，专制的堕落导致民族主义的民主化浪潮。我完成这篇幼稚的论文只用了两年，是当时北大文科唯一提前一年毕业的研究生，还是经"校务委员会"讨论同意的。当时的理工科有否此例，我不知道。为了追求做硕士论文的效率，我"逃"了不少北大的课。回想起来，逃课很"值"。后来在北大执教，我从不点名，学生爱来不来，可迟到，亦可早退。翰老曾告诉我，上课"自由来去"是老北大的自由传统之重。

翰老居然为研究生写论文收集资料。从第三次见面起，翰老就开始剪报，让家人和秘书给他读报后把有关菲律宾的报道全剪下来，每周都会给我一些豆腐块剪报，两年下来，竟是一大堆。如此，我有了认真读报的习惯，读到重要的消息，就会想想这条消息说明了什么，能支持什么样的论点。对照今天，老师让研究生为自己写书，方知翰老为学生收集资料之不同。老师的心血，当时看似平常。自己做了老师后，方知那是极为不易的。自己做了父母，才知父母对子女的一片心。比起本科时代，硕士论文让我的学术本领"上了一个台阶"，成为我学术生涯的起点。我把那篇论文译成英文，寄给加州大学伯克利分校政治系，改变了他们因没有 GRE 成绩而不录取我的决定，挣来了当那个系博士生的资格。菲律宾是亚洲唯一的"拉美国家"，与拉美情况非常相似。这项研究使我后来很容易理解拉美学者发明的"依附论"，决定了我以"比较政治学"为生，也奠定了我在右派时代对左派的同情。有时我甚至自嘲：如果那时知道科学在于精致地证明出色的因果关系，"依附论"的发明权可能就归我们爷俩了。

翰老还教我写文章。要点大多忘记了，但有一条是一辈子不会忘的，就是通俗易懂，写短句，不用生涩的词。他告诉我：没学问的人，才用怪词。凡使用老百姓不懂的词，要么是想吓唬读者，要么就是没读懂外文原文。因为他当时没讲出什么道理来，我一直不服气。有一次，我提到"社会结构"，他马上严厉地质问：什么叫"社会结构"？我当时并不知"系统论"的道理，只是人云亦云而已，一下子把我问倒了。我就说：结构就是 structure。他更恶狠狠地问：什么是 structure，我不懂英文！我解释不出来，憋了半天，才脸红脖子粗地争辩说：

我指的是"阶级力量对比"。他嘲笑我：那你就直说"阶级力量对比"就好了，干吗要用什么"社会结构"啊？还 structure 呢！我还是不服气，认为他强词夺理，但这件"强词夺理"的事给我印象太深了。多年以后，我在美国写博士论文，导师认为我的英文句子太长，让我去读韩丁写的《翻身》，说那是最好的英文。老师解释说，社会科学作品与自然科学不同，是要给大众读的。大众读得懂的文章，才是好文章。大众读着明白顺畅的文章，是最好的文章。老师告诉我：博士论文，应当让你没念过政治学的老妈也能流利地阅读。我这才恍然大悟，沃尔兹的《国际政治理论》没有一个长句，没用一个"大词"，所以是文笔最好的书。该书的中文版，是学生翻译的。学生没能领会其语言的通俗，自以为是地翻译成很"学术"很"洋气"的味道。社科论文的"学术气"，其实就是"学生气"。翰老早就对我讲了这话，是学生愚钝，迟迟未能领会。

"做地下工作的人，有些事是要带到棺材里去的"

看上去，先师是无所不通的杂家，却是学历史出身。他要我认真读历史，什么历史都读，古今中外的政治史、经济史、社会史、思想史。非常幸运，老师的传奇经历本身就是部丰富的历史书。他的历史感如此之强，经历如此有趣，那时的我虽无法理解，却留下深刻印象。

翰老讲他当年在美国做学生，当过激进学生的代表。顾维钧去美国谈判，陈翰笙代表学生闯入会议室闹事，踢着顾维钧坐的椅子，警告他不许卖国。先师告我，顾虽西学出身，老婆却一大堆。我那时在读《顾维钧回忆录》，津津有味，正在做外交家的梦。翰老三言两语，把我对顾的向往和对外交的神秘感一扫而空。

与先师谈论两次世界大战之间的欧洲政治经济史。他写过关于巴黎和会的博士论文，不讲，却讲了他去德国的缘由。从芝加哥大学拿到硕士学位后，先师去哈佛学习，一年多以后就没钱继续了，于是带着仅余的一点钱同夫人顾淑型去了德国。战后的德国经济已经彻底崩溃，那点美国钱值了许多，够坐火车的豪华包厢，还够雇个德国佣人。我在美国也学两次世界大战之间的欧洲史，学到什么，全然忘记了。若干年后，苏联垮台，中国人那点可怜的工资却能在俄罗斯过上神仙日子。这就让我想起了翰老去德国的故事，对什么是"经济崩溃"理解得非常鲜活。当"民主派"们说，不管怎么样，俄罗斯到底是民主了。每到此，我就会想起翰老讲魏玛共和国的民主是怎么垮台的、蒋介石的统治是怎么垮台的。经济崩溃，不是民主的福音，是民粹主义和法西斯主义的温床。

当时北大有一美国来的华裔访问学生，请我帮忙查她爷爷的历史，说她父母从不谈论其在法国得到博士学位的爷爷，可她爷爷好像很出色，做过中国的大官。我查不到，就去问陈翰笙。翰老不仅知道，还与那人有过交往。那人做过"司法部长"，不过是汪伪政权的"司法部长"，病死于监狱，先是国民党管的监狱，后是共产党管的监狱。我当时在学日文，翰老提示我去查日本出的中国名人录。我果然在那里查到了该汉奸的生平。华裔女孩得知我的"研究结果"后，一脸的落寞，让我很不忍心。查那本名人录时，我顺便也查了陈翰笙，记载居然更详细。让我震惊的是，书里写道：根据日本的情报，1944年蒋介石命令在昆明抓捕陈翰笙，昆明突然飞来架英国军用飞机，把陈翰笙接到印度去了。我就这件事问过翰老，他只告诉我，做地下工作的人，有些事是要带到棺材里去的。把共产党的地下工作与学术生涯完美地结合在一起，陈翰笙是中国第一人。在日本被处死的世纪著名间谍佐尔格，获得了"苏联英雄"称号，却是被翰老介绍去日本的。翰老在印度的研究工作卓有成效。他那时写的英文书，今天还在美国不少大学南亚课程的必读书单上。不仅如此，陈翰笙还是我国追随共产党闹革命的第一个洋博士。

翰老讲中国经济史，特别是农村经济史。他讲的英美烟草公司（BAT）历史特别有趣。该公司被中国本地官僚介绍给农民，先给中国农民发放优惠的小额贷款，让他们由粮食作物改种烟草，而收获的时候却以垄断性的低价收购烟叶。种过烟草的地不适合种庄稼了，农民命运只能由外国资本家左右。当烟草市场崩盘，农民还得向地主照交地租。由此，他在30年代初就得出结论：中国农民不仅受地主的盘剥，还受外国资本的压榨，也受本地官僚买办的压榨。除了造反，没有出路。这个项目是为共产国际和中国共产党做的情报研究。依赖贫苦农民闹革命，推翻"三座大山"路线，是这样被翰老提出，在学界传播开来，而且变成了中国共产党的政策。翰老是现代中国农村调查的创始人，在农村研究上的成绩闻名海内外。提到陈翰笙的中国农村研究，我在美国的博士导师也钦羡不已。这位今天哈佛大学政府系的教授、费正清研究中心的主任，当初也热情支持我继承陈翰笙的衣钵，继续研究中国农村问题。这便是我那本《农民与市场》的来源。陈翰笙研究 20 世纪中国农村的上半期，说明资本主义让中国小农破产和造反；我做 20 世纪的下半期，说明因为有 25 年的社会主义集体传统，所以市场经济没能让中国的小农破产和造反。在做陈翰笙的学生时，我就有个心愿，要做一点农村研究，要"青出于蓝"。"青出于蓝"的后半句，当然是由不得自己说的。

毕业数年后，我要去美国读博士，翰老为我写推荐信。到了那里，才知道，他在美国的名气比在中国大，他的推荐信是关键性的。又过了好多年，我才懂得，有这样一位出色的学者领着入学术之门，是多么幸运。可惜当时年幼无知，修课时偶得的先生遗墨，均已荡然无存。

我们大家的"翰老"

如所有其他人，我称老师为"翰老"。今人可能会觉得学生这样称呼老师有点怪，却颇有道理。1996年，翰老99岁，政府在人民大会堂为他庆百岁华诞，我国社科界左中右派的名人几乎到齐了。其间，季羡林先生自述成为"翰老学生"的经历，让我暗中吃惊。在北大教书，对季先生高山仰止，既为翰老门徒，岂非季先生"师弟"？新中国成立后，中国著名经济学家中有一声名显赫的"无锡帮"，均是得翰老师惠的弟子。各代弟子都尊称"翰老"，就不会有辈分上的尴尬。先师"文革"中赋闲在家，义务教授英文，业余弟子在美国能编一个营。

"翰老"是我们大家的，因为他学问好，正直，率真。

先师是学问家，也是政治和社会活动家。他一辈子讲原则，对自己心中的原则不妥协。他因为在莫斯科工作的经历，不愿与苏联人共事。归国后，他拒绝做外交部副部长，也拒绝当北大副校长，号称"不会用刀叉，只会使筷子"。他疾恶如仇，直言直语，新中国成立后不知得罪了多少人，自然也是仕途从不长进。我去读书时，常为他对时政的严厉评论所震惊。我曾说："你这么讲话，不怕进监狱？"他说："为什么怕进监狱？"我说："那你若准备进共产党的监狱，当初还入共产党干什么？"他说："你怎么连这个都不知道啊？为了打倒军阀啊，打倒旧军阀、新军阀。"

先师是大学问家，却一点架子都没有，我在他家读书，丝毫不感到压力。唯一有压力的是，课业结束离去时，他必定起身送至电梯口，作揖而别，让我觉得不敢消受。后来方知道，他是无论老幼亲疏、地位高低，尽皆如此。

老师平易，学生也就张狂。今日想来，依然趣味盎然。有一天，谈到苏联发动世界战争的危险——那个时候的大课题，他预测五年里世界大战必然爆发。理由是，苏美两国疯狂地生产和储存了那么多武器，不打仗，两国的军工联合体有什么道理生存？我和他起劲儿地争论，也说不服他。心生一计，就要求打赌。他居然同意了，问我赌什么。我说：五年后的这一天，如果世界大战没打起来，他那个月的工资归我；打起来了，我那个月的工资归他。他想了想，说他太亏了，不平等。那时候他的工资将近 400 元，我是 40 元，工作五年大概也就七八十元。他自己提了个赌注：输了就把手边那件大衣给我。不到半分钟，他又变了，声称那大衣是与斯诺穿错了的，不能给我。历史博物馆要，他不给，怕给弄丢了。我对此解释一声不吭。直到他自己不好意思了，改了说法：若五年后的这一天，世界大战打不起来，他要拿根杆子把这旧衣服杵出窗外，就当作挂了投降旗。他不提我输了怎么办，就是认输，承认世界大战打不起来。

1998 年，北大百年校庆。笔者带着学生去看他。当时有电视台记者在场，请他说几句祝福北大的话。当时先师已过百岁，两眼完全看不见了，精力也很不济，谈话很难持续两分钟以上。但在那天，他好像头脑异常清楚，掰着手指头说："我给北大老师讲三句话：第一，要好好帮助年轻学生；第二，不要当官；第三，要多写书。"电视台记者坚持要他给北大说句祝福的话。老先生居然出口成章："祝北大今后办得像老北大一样好"，狠幽了北大一默。记者和家人都不干了，就教他说：你说"祝北大今后越办越好"。老先生连说三遍，次次都与原先说的一样，不肯照别人吩咐的说。他认定北大今不如昔，绝不改口。他自己眼镜都要旁人帮他戴，脑子也不走了，可就这些话，他一直放在心里，直到生命的尽头。这就是陈翰笙！"老兵不死，只会逐渐凋零。"

先师几乎与北大同龄。北大百岁，先师亦百岁。陈翰笙20多岁回国之际，蔡元培校长聘他为北大正教授，是为当年北大最年轻的教授。而先生过世时，已是北大最年长的教授。生命跨越三个世纪，真神人也。

先师活了107岁有余。40年代与宋庆龄办"工合"，过手的钱千千万万，大部暗中偷运延安，自己却一生廉洁简朴。他从无额外收入，存款多用于补贴出书。离去时，竟仅余不到六万元存款。大概是举丧之资不累旁人吧。先师书面遗嘱：身后不开追悼会，不举行遗体告别，并随其早逝之爱妻，骨灰撒入富春江。正所谓"来去赤条条无牵挂"。

北京大学图书馆专辟一室，建"陈翰笙纪念研究中心"，由北大副校长、党委副书记吴志攀同志亲任主任。先师工作之厅堂已原样搬入这里。翰老的亲友学生们，可在此重温那些温馨的往日。

先师为中华民族的进步事业奋斗了漫长的一生。其辉煌业绩并非其晚年一弟子所能记录。但我深知，在他那已凝固的大脑里，最后的一缕余光是青年，是学生。我们在北大图书馆219室开设"陈翰笙纪念研究中心"，那里每天都有数以千计的学生经过。希望他们在中心门前的铜牌前停一停脚，像我当年那样，问一声"谁是陈翰笙"？进来在他的书桌前坐一坐吧，那里有翰老的铜像和遗墨与北大学子们同在。

朱永新感悟：

这是本书最长的一篇回忆恩师的文章，而陈翰笙先生也是本书所有老师中最年长的一位。虽然陈翰笙先生在85岁高龄时招收潘维为入室弟子，但上课绝不马虎敷衍。印象特别深刻的地方有两点：第一，敬业爱生，如沐春风。每周一次，每次两小时的课程绝不含糊，其中1小时教授英文，1小时谈历史、社会、时政和硕士论文。每次课业结束离开时，先生都亲自送至电梯口，作揖而别，而且是"无论老幼亲疏、地位高低，尽皆如此"。第二，指导写作，平实为先。陈翰笙先生是大学问家，也是现代中国农村调查的创始人，他主张做研究首先要充分占有资料，为此他采取"紧逼盯人式"的论文写作方法，亲自帮助学生选题、收集资料。他特别主张文章不要故弄玄虚，而要"通俗易懂，写短句，不用生涩的词"。他告诉学生："没学问的人，才用怪词。凡使用老百姓不懂的词，要么是想吓唬读者，要么就是没读懂外文原文。"陈翰笙先生说：只有大众读得懂的文章，才是真正的好文章。只有大众读着明白顺畅的文章，才是最好的文章。他对潘维说了一句很通俗但很值得深思的话："博士论文，应当让你没念过政治学的老妈也能流利地阅读。"

汪 晖

　　汪晖（1959—　），江苏扬州人，清华大学教授、人文与社会科学高等研究所所长。1985年考取中国社会科学院研究生院，师从唐弢教授。1996年至2007年担任《读书》杂志主编，先后在哈佛大学、加州大学、北欧亚洲研究所、华盛顿大学等大学和研究机构担任研究员。出版有《世纪的诞生》《现代中国思想的兴起》（四卷本）、《亚洲视野：中国历史的叙述》《短二十世纪》《汪晖自选集》等。大量作品被翻译为英文、日文、韩文、德文等各种文字。2013年与哈贝马斯同获"卢卡·帕西欧利奖"，2018年获"安莉内泽·迈尔研究奖"。

"火湖"在前——记唐弢 / *汪晖*

　　我早想写点关于唐弢先生的文字，在他生前，在他走后，这想头像摆脱不开的灰色的影子时时追逼着我。在秦岭深处，多少次抬头望着远处无尽的静穆的山峦，听着淅淅沥沥的冷雨，心中只能忆起告别时的场景：先生走近我，神色黯然地说："我一向不愿占去你写作的时间，但早知如此，不如留在北京帮我写鲁迅传"；又拉着我的手说："或许你回来时，就见不到我了。我老了。"他的声音在我的雨中的记忆里是悲凉的，那时先生果然已长卧病榻，在生命的尽头孤独地挣扎。得到先生病危的讯息是一个烟雨迷蒙的早晨，我从山中星夜赶回北京，但他双目紧闭，对我的呼唤毫无反应。

　　今年的春天来得真早，但先生已命归黄泉；想起先生的晚年，每天从早至晚，独坐灯下，苦思冥想，笔耕不辍；想起他病中的生活，每日顽强地挣扎，时好时坏，充满了痛苦与渴望，仿佛一个孤独的、注定要失败的登山者。我默默地想：或许只有在死亡的深渊中，他才能得到休息。先生不是他所喜爱的魏晋名士式的人物，而是一个入世的、始终关注着现实的人，虽然他的心底里荡漾着浪漫的诗意。不止一次，在他的书房里，他说到高兴处竟摇头晃脑地背诵戴望舒、徐志摩、孙大雨等现代诗人的诗，那声音洪亮又带着浓厚的镇海乡音：

> 飞着，飞着，春、夏、秋、冬，
> 昼，夜，没有休止，
> 华羽的乐园鸟，
> 这是幸福的云游呢，
> 还是永恒的苦役？
> ……
> 假使你是从乐园里来的，
> 可以对我们说吗，
> 华羽的乐园鸟，
> 自从亚当、夏娃被逐后，
> 那天上的花园已荒芜到怎样了？

我知道，先生的心里从未失去过对遥远的生活的幻想，他不自禁地问：自从亚当、夏娃被逐后，那天上的花园已荒芜到怎样了？不过先生又总是立刻从幻想中回到现实，他自己说，由于他的出身和经历，他离"天上的花园"远了一点，他的脚踩在中国的大地上，和农民父兄们一同熬煎着苦难。在剑桥访问（1983 年）时，他情不自禁地想起徐志摩，几乎为志摩的诗的想象所覆盖，但静下一想，却又觉得志摩"仰卧着看天空的行云"时候多，而很少"反仆着搂抱大地的温软"；他吟味着志摩的"悄悄的我走了，正如我悄悄的来；我挥一挥衣袖，不带走一片云彩"，却又觉得在历史的重轭下不该如此的轻松洒脱。我私心里觉得，先生活得太累，牵系于中国、于现世的太多，这于他的诗情、他的学者生涯的充分发挥未必都是益处。当我看着先生那样认真地放下手头的工作去参加各种会议时，当我发现即使焦唇敝舌也不能劝阻他写那些与现实相关的短文时，当我发现到了晚年，他的性情变得急切而且更加直言不讳时，我每每地觉得他太认真。举世滔滔，奔走相竞；清流浊流，何时能分？有时我真想问一句：自从亚当、夏娃被逐后，那天上的花园已经荒芜到怎样了？

先生那时是不会回答的，但现在，我想先生一定知道答案。不过，我忍不住地问：在茫茫的青空中，也觉得你的路途寂寞吗？

我听不到先生的回答。但我知道先生生前时时是忧郁的，虽然他总是面带微笑，声如洪钟，不失学者的优雅风度。记得是在 1988 年的年底，我陪先生住在宾馆里写《鲁迅——一个伟大的悲剧的灵魂》，每晚躺在床上，在暗中听先生讲他的过去：他的童年，他的寄人篱下的少年，他靠自学走上文学道路的数倍于人的艰辛，以及二十世纪三四十年代的文坛掌故……我印象最深的是他谈到几十年来在中国的残酷的政治斗争和复杂的人际关系中的经历，当说到朋友间的友谊和失和时，我感到他心里有一种很深的隐痛。在黑暗中，我看着先生斜支起身

体，声调变得急切而复杂；我知道，我太年轻了，年轻到一句
话也说不出的程度。我也向先生谈过我对生活的想法，不想先
生却觉得我的想法过于复杂，这才知道心中存着天上的乐园的
我，其实更深地、几乎是宿命般地陷于现世的泥淖。先生事后
给我写了封信，说：

　　昨天谈话，我觉得很好，可以增进彼此了解，我似乎觉得
连心也贴近了一步。我至今还不明白，像你那样年龄、环境，
为什么有那样复杂独特的想法。你对问题不随便放过，这当然
是主要的一面，但什么使你有这样习惯的呢？我年轻时性格内
向，喜欢沉思而不多开口，原因是多年来一直寄人篱下（我从
14 岁即寄活别人家里），不得不时时约束自己。你呢？为什么
会有那样奇特的想法？我认为一个有社会感和时代意识而生在
中国（包括大作家、大诗人）的人，要不忧郁、孤独，实在困
难（你看，我仍不免要提及时代）。时代如此，不过每个人的表
现又各不相同。……鲁迅对中国社会的思考的确比现在一般研
究者所说的要深刻得多，但千万不要将他放在悲观绝望的深渊
中，我想你是不会的，你没有忘记他对悲观绝望的反抗。

　　可是，先生，您在病倒之前，为什么又那样迷惘呢？您
分明地说：您一生中有过许多挫折，几入绝望之境，但您终于
没有失去过信心，而现在，您却有些理不清头绪了。其实我自

以为是理解的。您不是说过：一个生在中国而又有社会感、时代感的人，要不忧郁、孤独，实在困难么？倘若这人的心底里又追念着那个永远不能抵达的荒芜的花园，那么他将承受怎样的内心的折磨——不单是对现世的感受，而且还有内省时的痛楚？

　　晚年的先生时时说起生老病死，但不知怎的，在我的记忆里，那声调总和他诵读《乐园鸟》的抒情的声音缠在一起。也许这两种情境都来自一个经历了现世苦难的人面对天国时的虔诚。我知道，对于死，先生是坦然的。他说过，我做得太少，也太贫乏了，如果灵魂必须受审，我便是自己灵魂的审判者，"火湖"在前，我将毫不迟疑地纵身跳下去，而将一块干净的白地留给后人。

　　先生又一次提到了"火湖"这个圣经上的词，那英文是：And whosoever was not found written in the book of life was cast into the lake of fire。66 年前，唐弢先生曾被他的英国老师勃朗夫人叫起来分析这个句子，而学校外面正响着紧密的枪声。年轻的先生用不很纯粹的英语答非所问地说：

　　在我开始分析之前，先得把这句话的意义弄清楚，这是灵魂受审时的规则：若有人名字没记在生命册上，他就被扔在火湖里。现在，火湖就在眼前，可是我们的名字呢？题在生命册上了吗?

也许我能理解,先生为什么总是不能克制地写那些在别人看来是"应景"的文字,而终于没有完成他个人处心积虑的愿望——他的鲁迅传和文学史。因为,六十余年来,那"火湖"总在面前,烈焰在他前后激荡,他怎能那样静穆地在生命册上从容刻写他的名字呢?

但我心底里还有一个冷酷的声音:这是先生的不幸,但不幸的不只是先生。

今年1月4日的傍晚,我突然接到若昕的电话,告以先生已于上午仙逝。我站在路边电话亭的高台上,听任冬天的寒风吹拂,心头的记忆却怎么也连不成片。为先生的丧事和纪念活动而奔波,劳人碌碌,回忆却如冬天的枯草一般僵卧着。纪念性的学术讨论会开得隆重,那么多师友写了文章,先生的四十余本著作俱在,我又何必多言呢?直到听说有人指责先生晚年培养的博士生并非"接班人"而是"掘墓人"时,我的记忆才如越冬的枯草一般苏生过来,像是要藐视那些匿名的屠头们。但记忆依旧是零落的,就像鲁迅先生形容的那样:好像被刀刮过了的鱼鳞,有些还留在身体上,有些是掉在水里了,将水一搅,有几片还会翻腾,闪烁,然而中间混着血丝,连我自己也怕得因此污了鉴赏家的眼目。

在我的印象里,先生的学术有两块基石:一是史,一是诗。

　　在他看来，一个从事文学工作的人，可以不写小说，不写散文，但倘不写点诗，那就不必搞文学了；而一个研究者，又必须多读史，从历史中总结出理论，所以他又一再推崇章学诚的"六经皆史"。不过，我觉得，史也好，诗也好，在先生那里又总是立足于最日常的现实生活。他喜欢说鲁迅小说的现实主义是开放的，因为映现着中国的历史生活，又充满了诗情。追随先生学习的几年，我自觉学到的并非具体的东西，而是一种观察人世的方式：从最日常的现实关系中审视对象，又从超越了这种现实关系的位置上审视对象。先生的严正与宽容似乎来自一种切身的体验。先生论林语堂，以为他把绅士鬼和流氓鬼萃于一身，他觉得林语堂先生有正义感，比许多文人更强烈的正义感，同时又十分顽固，和他同乡前辈辜鸿铭一样冥顽不化，例如明知没有的事，却要批评什么"马克思生理学家""马克思列宁自然科学"。不过先生并不就此把林先生说得一无是处，他从林先生无中生有、深文周纳却又沾沾自喜的神态中看到了一种"诗意"：林先生是天真的，虽然偏颇，只要不是存心捏造，有时倒比中庸主义坦率，能够说出多一点真话。

　　先生常说：生活的复杂在于，有是非，还有似是之非，似非之是，不能一概而论。1986年至1987年，关于周作人出任伪职一事众议纷纭。先生的看法自然也有从民族大义出发的一面，但更多的是谈生活的小事，谈周作人在处理家庭事务中的那一面，他失望于周作人自私却又欲加以掩饰的阴暗心理，因为他不能忘怀当年谈妇女问题、介绍卡本特、蔼理斯的周作人。至于"大义"，先生也是从日常生活之中体会的，他几次谈到鲁迅在救国宣言上找寻周作人的名字的细节，他的心阵阵作痛，禁不住泪下潸然。他后来写道：爱护人，爱护一个人的清白乃至开明的历史，难道这只是单纯的、仅仅由于所谓手足之情吗？

　　我自己是感受过先生的爱护的人，但因年轻和任性，又为这爱护而冒犯过先生。读书期间，先生曾要求我们在发表论文前先送他审阅，这是他积几十年文字生涯的经验而做出的规定。1986 年我写了一篇关于《野草》的论文，兼及鲁迅与尼采、基尔凯廓尔等存在主义先驱的关系，未经先生审阅便交约稿的先生带走。有人告到先生那里。先生立即命我将文章复制一份给他，我在送文章时又附了一封信解释。先生后来给我写信说：别人说起此事时，他未发表意见，"我不能轻率地在人前说我的研究生'是'或'不是'。我当然有我自己的看法，但不会勉强我的研究生一定要和我抱一致看法，和我不同意见，只要言之成理，持之有故，我还是尊重的，也不会影响我对他为人或文章的看法。正因为这个缘故，我和你们谈话时，总是谈写法方面多，谈思想内容（除非我完全不能接受的显著的错误）少，因为意见容许有各人自己的体会和见解。"他又多次以严复"一言之立，数月踟蹰"相告，他在信中说：

……我从鲁迅那里学到的东西不多，但我以为谨慎、认真、勤奋是从他那里来的，鲁迅没有以谨慎教育人，只是我觉得鲁迅尚且如此谦虚小心，我就应当谨慎为是；认真是正面的，直接的；勤奋集中在"锲而不舍"这点上，不急于求成。但这种感觉又常常是和个人的境遇相结合的。……

先生仔细地写了阅读意见，并让我交给研究生院，以防万一。他就是这样地爱人以德，同时又并非脱俗的训诫，而是"入俗"的爱。

先生的严正与宽容中隐含着一贯的原则，那是作为学者和普通人的良知或道德感。先生一生研究鲁迅，但他即便在鲁迅研究中也从不固守教条，而是从生活的进程中汲取思想的动力。他的鲁迅传起初定名为《鲁迅——一个天才的颂歌》，但动笔之后，却又改为《鲁迅——一个伟大的悲剧的灵魂》，这之中隐含了先生对中国社会和鲁迅的不断深化的认识。"文革"之后，先生觉得必须改变自己的习惯思路考虑问题，正是写旧的不愿，写新的又一时不能，但经过痛苦的思考，他终于重新开笔，写出了诸如《西方影响与民族风格——中国现代文学发展的一个轮廓》《四十年代中期的上海文学》等精彩的篇什。为研究鲁迅学医的过程，他东渡日本，收集了大量兰学资料；为研究鲁迅与尼采的关系，他不但阅读尼采的著述，而且比较了许多大部头的论著（如卢卡奇的《理性的毁灭》）；……我时时惊异于先生以七十多岁的高龄仍葆有这样的求知的、开放的心态，但这不正是一切以探求真理为目标而不是把真理据为己有的真正的学者的品格么？

记得是在 1989 年的下半年，某权威杂志约请先生写一篇评论"重写文学史"的文章。我曾劝先生不要写，因为倘先生表述他的一贯的见解，自然不合时宜，而且先生的手头还忙着他的鲁迅传。但先生还是写了，这一是因为他早就对现有的文学史——包括他自己主编的两种文学史不满了，他在"新时期"写下的关于艺术风格和文学流派，关于钱锺书、废名、师陀、张爱玲的文字也都是为重写文学史做准备；二是因为从鲁迅那里他学到的还有对青年的爱惜与保护。对于研究过文网史的先生，他是深知中国的有些文人深文周纳的本领的。在他看来，文学史总是要重写的，重写的过程中自然也有是非，但那是学术的是非，也可以说是学术研究中的正常现象。该杂志先是压下了先生的文章，后来又复制几份当时的批判"重写文学史"的文章连同先生的文章一同寄回，供先生"参考"。先生又一次将文章寄给该杂志，只作了个别文字的处理，并声明不得修改他的观点，否则退回即可。结果先生的文章在稍晚之后登出时被移入"争鸣园地"，而后面又刊发了另一位先生批判"重写文学史"的雄辩的大作。先生见我时苦笑道：还是你说得对呵！

　　我无言以对。我没有见过年轻时的先生，没有见过中年时的先生，我见的是"七十而从心所欲不逾矩"的先生。倘若真有孔子所说的那个"进德之序"的话，先生的一生也在不断发展。师母说先生晚年的性情有很大变化，我则从而知道所谓"不勉而中"的境界其实是有代价的，甚或有致命伤。不知怎的，我总想起鲁迅忆韦素园时的话，是：他太认真；虽然似乎沉静，然而他激烈——对于先生而言，这是一种老年的认真和激烈，一种身处生命终端不愿做一点违心之论的良知！

　　但鲁迅的追问仍在：认真会是人的致命伤么？鲁迅那时的回答是：至少，在那时以至现在，可以是的。那么，在二十世纪将尽的此刻呢？鲁迅的原话是："一认真，便容易趋于激烈，发扬则送掉自己的命，沉静着，又啮碎了自己的心。"呵，先生，我终于明白了您不能纵情驰骋于浪漫天国、不能任性潇洒于旷野荒原的原因。我心中怀着遗憾，却没有勇气再问：自从亚当、夏娃被逐后，那天上的花园已荒芜到怎样了？归真返璞，先生的自由隐藏在他的朴素、平实、散发着尘世气息的日常生活之中。

　　看一看日历，已是清明。生命册上深深地镌刻着先生的名字，"火湖"却仍在作为生者的我的面前。现在灯火明亮着，入夜的街上仍有嘈杂的声响，而先生却听不见、看不到。但我又分明地在深的夜中看到先生的眼睛，沉静中带着渴望；"先生之谓易"，而先生终于是沉默的。我记起先生晚年喜爱的艾青的《鱼化石》：

> 你绝对静止，/ 对外界毫无反应，
> 看不见天和水，/ 听不见浪花的声音。

先生曾评论说：自由在天边召唤，诗人渴望听见自由的声音，好比鱼渴望听见浪花的声音。我知道先生如鱼化石一般是不甘的，他的夙愿未竟，在人生的大海中，他既盼望出发也盼望到达。然而，我想，即使让先生如死火般地复活，他也不会是一个纯粹的宁静的学者，他还会说：那我就不如烧完。倘若我为失去导师而痛惜，他定会说：走自己的路，"问什么荆棘塞途的老路，寻什么乌烟瘴气的鸟导师！"

我说：先生，您终于是鲁迅的弟子呵！

1992 年清明于纷纷细雨中

朱永新感悟：

唐弢先生（1913—1992）是鲁迅研究和现代文学研究的奠基人和开拓者、现代文学史家，中国社会科学院文学研究所研究员，也曾经是我们中国民主促进会会员。汪晖这篇怀念老师的文章，让我们看到了一位70多岁老人的师者风范。汪晖说，先生是一位"一切以探求真理为目标而不是把真理据为已有的真正的学者"，一直葆有一种求知的、开放的心态，他的学术有两块基石：一是史，一是诗。在老师看来，一个从事文学工作的人，可以不写小说，不写散文，但应该写点诗；而一个研究者，则必须多读史，从历史中总结出理论，所以他又一再推崇章学诚的"六经皆史"。这是非常重要的治学经验与方法。作为鲁迅研究的专家，唐弢先生善于用鲁迅的精神教育学生，他不仅耳提面命，而且通过书信的方式引导学生。如他要求学生像鲁迅那样乐观向上："鲁迅对中国社会的思考的确比现在一般研究者所说的要深刻得多，但千万不要将他放在悲观绝望的深渊中，我想你是不会的，你没有忘记他对悲观绝望的反抗。"要求学生像鲁迅那样谨慎、认真、勤奋："我从鲁迅那里学到的东西不多，但我以为谨慎、认真、勤奋是从他那里来的，鲁迅没有以谨慎教育人，只是我觉得鲁迅尚且如此谦虚小心，我就应当谨慎为是；认真是正面的，直接的；勤奋集中在'锲而不舍'这点上，不急于求成。但这种感觉又常常是和个人的境遇相结合的。"唐弢先生对学生的爱体现在许多细节之中，如为学生论文的写作亲自写信说明辩护等，正如汪晖所说，先生"爱人以德"，同时又并非脱俗的训诫，而是"入俗"的爱。

冯建军

冯建军（1969—　），河南南阳人，教育学博士，教育部"长江学者"特聘教授。现为教育部人文社会科学重点研究基地南京师范大学道德教育研究所所长、教师教育学院院长。兼任国家教材委大中小学德育一体化专家委员会委员，教育部义务教育《道德与法治》课标修订组核心成员等职。著作有《当代主体教育论》《当代教育原理》《生命与教育》《教育的人学视野》《差异与共生——多元文化下学生生活方式与价值观教育》《回归本真——"教育与人"的哲学探索》等。

跟着鲁洁先生学做人 / 冯建军

2020 年 12 月 25 日上午 8：30，我的导师鲁洁先生无声无息地与我们告别了。她在家中，在自己爱恋的书房里，安静地离开了这个世界。我第一时间赶到，家里静得不能再静，生怕惊醒了先生。床头柜上，没有抢救仪器，只有几小瓶先生经常服用的药和有序摆放的书报，床头还放着她冬日的棉衣。我拉把凳子，静静坐在床边，宛如平日一样，准备聆听先生的教诲。

布鲁姆给老师施特劳斯的信中这样写道："我们当中了解他的人从他身上看到了一种心灵的力量，一种生命的和谐与坚毅，一种罕见的人性品质的混合，这一切构成了道德德性与智慧德性的和谐表达。"先生，如斯人也。今天纪念和缅怀先生，不仅要传承、发展其学术思想，更要学习其做人的品格。先生说："道德和道德教育学术成就的高度只能是自己生活的高度。"先生几十年道德教育研究悟出来的道理，在她身上得到了印证。

先生是一个威严又温暖的人

　　先生见到每个认识她的人，都是微笑的，微笑是发自内心的爱护、欣赏。但每个认识先生的人，又都能够感觉到先生的威严。我第一次拜访先生是在 1995 年的秋天，那时我准备报考南京师范大学的博士。那个秋日的下午，我来到南师大博士生宿舍，见到了后来成为师兄的雷鸣强、项贤明，我请他们帮助打电话联系先生（电话是学校内部电话，放在宿舍楼三楼、四楼之间的拐角处），想拜访先生。两个师兄先是说，下午四点半以后才能给先生打电话。可是四点半到了，两个人推来推去，谁也不敢打。那天我没有能够拜访到先生，但第一次感觉到先生在学生心目中的威严。入校后听说，檀传宝师兄因为没有请假周末外出了一趟，先生给他留了便条，至今檀传宝师兄还保留着这张写着批评之语的便条。听说已经是大学领导的张乐天师兄因为买了早一天回家的船票，被先生问到后，吓得马上把船票退了。读书期间，我和陈佑清等同学一起去先生剑阁路的家，每次到门口敲门，几个同学都要相互推诿一番，谁都不敢敲门。最后，终于敲了，那声音很小很小。先生轻轻地开门了，把我们迎进屋里，给我们每人发一块糖，我们紧紧握在手里。先生的威严，永远定格在我们心中。即使毕业多年后，师兄弟来看先生，也是要事先打电话约的，先生不让来，他们谁都不敢"违命"。在最后的这些日子，先生病情加重，我给几个师兄弟说："你们要看先生，这次不能打电话约了，你们约了，她肯定不让你们来。来了，就直接去家里。"他们都怯生生地问我："敢这样吗？"先生在学生的心目中，永远是威严的。

先生的威严来自学生发自内心的敬畏。其实，先生并没有批评过我们，更不要说严厉训斥了。先生是严师，更是慈母。学生是学生，也是孩子。每个学生学习怎么样、家庭怎么样，先生都关心。记得有一次，师姐心情不好，先生了解情况后，特意到学生宿舍来看她。学生有困难了，她会伸出援助之手；学生生病了，她会看望；学生家庭有矛盾了，她会劝说；学生的爱人和孩子来南京，她知道后，会特意送上小礼物。看似平凡的一举一动，彰显着慈母的爱，温暖着我们的心。

王啸是先生最后一个博士生。先生说，她平时参加会议，尽可能坐在一个不起眼的地方，但王啸毕业典礼那天，因为没有师弟师妹为他送行，先生一反常规，特意坐在了第一排，就是要让学生可以在第一时间看到自己的老师，使他在毕业典礼这一天过得愉快、留下美好难忘的回忆。在八十华诞时，先生提到这个事时，在场的人无不为先生对学生的爱而感动。

先生是一个谦虚的人

2010 年 4 月，先生八十寿辰，众弟子回到先生身边，举办鲁洁教育思想研讨会，学习先生的思想，重温在先生身边学习的一幕幕。先生最后动情地说道：

我知道我并不是一个合格的老师，我很清楚这一点。但是，和你们在一起的日子，却是我一生中间最为幸福、最充实的日子。你们知道，我们这一代人都是在无穷无尽的运动和斗争中耗去了不少宝贵年华，等噩梦醒来的时候，已经进入知天命之年。对我来说，真正的学术生活在这个时候才算开始。还来不及为失去的一切去伤感、埋怨，只是匆匆忙忙地上阵，把本科生、硕士生、博士生，以至以后的博士后都招进来。

其实，我自己连一个学术学位都没有，我们那个时候也不授予学位。因此，我在整个儿的带研究生的过程中间，我工作的过程，我行走的步伐显得跟跟跄跄、蹒蹒跚跚。与其说你们在跟我学，倒不如说我在跟你们读书、思考、钻研。每当有人问我，最近你在做什么，我的回答都是跟着学生读书。这不是调侃，是事实；不是谦虚，是真情。

跟着先生读书的日子，先生为我们开设了"教育基本理论前沿研究"，先生很少讲课，也不会给我们布置多少书要读，而是让我们围绕一个专题互相推荐学习材料。20 世纪 90 年代，没有网络，先生会把她看到的文章剪裁下来、复印下来给我们，我们也给先生推荐文章。学习的过程，不是上课，而是思想的交流。先生先是倾听，以期待的目光看着我们，认真地记录着。先生有非凡的发现能力和点拨能力，她话语不多，几句话定会使你茅塞顿开，打开一个新的视野，找到一种新的思路。但先生总是说："说真的，你们给予我的远多于我给予你们的，因为你们给了我读书、思考，更给了我人生中最重要的东西。"

先生是一个低调的人

2012 年 12 月 31 日，《中国教育报》刊登了报道先生的文章《教育是得以获取永生的事业》，文章开头有段编者的话："鲁洁为人低调，只见过她少数几次，每次她都是坐在会场，安安静静地倾听。"这提醒了我翻看先生的学术大事记。先生一生中，除了为数不多的几次到加拿大、美国、日本等国和我国香港、台湾地区的学术交流外，几乎没有见到先生在全国各地讲学的报道。国内学者熟悉先生思想的人不少，但真正见到先生的人不多，一个重要的原因，是先生很少出去讲学、做报告。

2017 年，我主持南师大道德教育研究所工作，邀请先生给研究生做一个报告，先生回复我说："这些年来，我学术鲜有长进。虽然每天都读点书，但记忆力和精力的衰退使我难有深入的思考，更谈不上有什么创见。要我做报告，不是给你支持，只能给你添乱。人老了，必须有自知之明，这也是一种德性，请理解。"2020 年 9 月，所里举办"走向有魅力的德育课堂"，想请先生为论坛说几句话。先生回复："道德与法治课我已经多年没有实际接触，这样的讲话只会是'说白话''说空话'，有害无益。浪费大家的时间，相信你能理解。"先生就是这样，践行着她一贯为人低调的风格。

先生晚年受命承担起了国家统编教材小学《道德与法治》总主编的任务。编写教材是一项十分重要而辛苦的工作，先生在编写过程中，个人坚持不取一分报酬。2018 年 11 月，先生将自己多年参与编写《道德与法治》教材、教师用书所得的全部稿酬和劳务报酬捐给南师大道德教育研究所，设立专项资金，用于资助小学《道德与法治》教材与教学的研究，至今已经捐赠 200 万元（随着稿费的到来，捐赠还在不断增加）。在捐赠备忘录中，先生特别提出不宣传更不要提及是她捐赠的。2020 年 6 月 24 日，先生发微信给我："本来在我们的协议书中写明，关于我的捐献不予公开的，但现在有的公开信息中还是披露了。"先生听说别人知道她捐赠的事情，已经在埋怨我。因为那天我们在看望朱小蔓老师时，我把话题岔开了，先生没有再追问。今天我把这个先生不让公开的秘密说出来，不是要宣传先生的伟大，而是想让人知道先生为人做事的低调。先生捐赠的事情，还不只是这一件，她还资助贫困学生，为农民工子弟学校捐赠图书。在她生命的最后，新冠疫情严重之时，她还为防疫抗疫一线捐款。这些事先我并不知道，是在先生走后，我才听说的。

先生是一个不麻烦别人的人

现在的学生总是给老师办理报销等各种杂事，在我的印象里，上学期间没有给先生做过这类事情。先生让我们做的都是与学习有关的事情，如参加课题研讨、学术沙龙等。也可能那个时候，这种杂事本身也很少，但主要的是先生从来不想麻烦别人。

先生晚年搬到了郊外的仙林住，与我住的小区相隔不远。看到先生身体渐渐不如以前，我就给她说，有事情就给我打电话，我离得近，也方便。但直到先生离开，也没有给我打过一次电话。2017 年暑假，先生大病一场，还住进了医院，我们做学生的都不知道。教师节到了，我们想去看望先生，打电话给家里，先生的女儿说她去上海亲戚家了，不在家。国庆节到了，先生依然没有回来。后来再打电话，还是没有回来。我们想，走亲戚住这么久，这不是先生的风格。11 月，先生回来了，才知道她暑假生了一场大病。我们责怪先生："为什么生病也不给我们说呢？我们也可以来照顾你的。"她说："知道你们都忙，不用牵挂我、来看我。"2019 年 10 月，先生不慎摔了一跤，摔坏了股骨头，要做手术。是校办打电话给先生的老伴（离休老干部）沟通体检事宜，保姆接电话听错了，以为是要先生体检，说先生摔着了，住院了，我们才从学校知道了这个消息。当我匆忙赶到医院时，先生已经做完股骨头置换手术，躺在病床上，看到我来了，说："你怎么知道了，谁让你来的？"十分钟后，先生就又催我："你已经看到我了，我好好的，你赶快回去吧！"

先生晚年身体不好，几年都不出门。每次有人提出要看望她，她都婉言拒绝。2018 年 12 月，顾明远先生来南京参加世界华人教育南京论坛。顾先生特意提前一天和夫人周先生一起到家里看望她。先生见到顾先生，非常感动，说："您比我年长，怎么能让您来看我呢！"顾先生动情地说："您不去看我，我不来看您，咱们两个不就再也见不着面了！"两位先生紧紧握住手，促膝交谈了一个多小时。先生怕麻烦别人，尤其是朋友和学生从外地专门过来看她，她更感到过意不去。

先生离开前特意交代家人，"不要举办任何丧事和纪念活动，一切后事从简安排"，家里不设灵堂，也不开追悼会，告别仪式也不举行。我们深深感觉这样做对不住先生。和先生的家人协商了很久，也争取了很久，家人才同意给先生举办一个简朴的告别仪式。我知道，先生在天有灵肯定不会同意的，因为她心中想的永远是"不麻烦别人"。

先生是一个关心别人的人

先生对别人的关心很多，作为弟子，我们每个人都能够讲出来。她关心我们的学习，关心我们的生活，关心我们的孩子和家人。毕业这么多年，每次和先生见面，她都要问问我家人的生活和健康、孩子的学习和发展情况。

先生走了这些天，我翻看了这两年和先生联系的短信和微信，先生凡是提及自己，都是"我很好，不用牵挂我""谢谢你，给你添麻烦了"，更多的是对他人的关心。外聘的方会计这些年一直帮助先生管理课题项目资金往来，先生多次微信提醒我"记得定期给方会计发津贴"。最近一次是 2020 年 10 月 27 日，"建军，想起来，不知道方会计的工资是否按期发给了，请你查下，不要忘记"。方会计做事也不是为了这点劳务费，但先生始终挂在心上。2020 年 6 月 24 日，我们去看望朱小蔓老师，回来后给先生报告朱老师的情况。先生回复："我意识到她的情况有些不好，又不敢多打扰她。每念及她时，心中很不好受。接受她的教训，希望你们大家多注意自己的身体健康。"朱小蔓老师先于先生离开了，我不敢告诉她这个消息，也没敢在她面前提及这事，知道先生定是非常伤心。

我和先生之间的联系定格在 12 月 15 日，我发微信给先生诉说工作中的一些苦恼，先生说："是些什么事情？能和我谈谈心里话吗？"知道先生身体不好，也不想让先生操心，我回复先生，"请先生不要操心"。谁知道，这个事情竟成为先生对我最后的牵挂。先生的女儿告知，15 日后，先生就把我的事情写在一个纸条上，每天醒来念叨一遍，生怕忘了。先生在生命的最后几天还为我操心。

先生牵挂的不只是我，不只是她的学生，还有更多的儿童。2017 年，先生对我说："年轻的时候总想做点大事情，报效国家。现在老了，回想起来，大事没有做成，现在只想做点儿有意义的小事情。"她看到农民工孩子进城后，要适应城市生活、提高文明素养，于是便联系南京市栖霞区的甘家巷小学。

这所学校中农民工子弟居多。她捐资为孩子们购买课外读物，联系志愿者为小学开展"共享阅读时光"活动，每周定期开设儿童阅读课，希望能为提高这些孩子的文明素养出点儿力。她总是说："改变一个孩子，就改变一个家庭。我们能做一点儿是一点儿，改变一点儿是一点儿。"

先生是一个勤俭质朴的人

在先生身边的这些年，无论是读书还是工作，和先生一起用餐的次数不多。仅有的两三次用餐，是因为我们做"211建设项目"。课题组一起吃饭，就在先生家门口的小餐馆。先生亲自点菜，问我们喜欢吃什么，忙来忙去。吃完饭，不管剩下多少，先生都会让服务员一一打包，分给我们每个人带回去，她开玩笑说，这叫"连吃带拿"。

平时不能与先生聚聚，便总会以她的生日为由头，找与先生聚聚的借口。因为我在先生身边工作，师兄弟就跟我说先生生日聚聚的事情，委托我打电话给先生，先生说："你们要真来看我，随时都可以来，为什么非要那天来看我，都是些形式。"从此，我们再也不敢在先生生日那天提与先生聚聚的事了。

我没有与先生一起出过差，但先生去世后，在全国教育基本理论学术委员会的一个微信群里，四川师大的一个青年老师说："我只见过先生一次，2006年我们学校组织开德育年会，她发言敏锐、态度谦和。让我印象最深的是，我陪她在望江宾馆退房时，她忽然说，忘了东西在房间。我问她什么，她说，香皂忘了拿走。我以为是她自己带的。她说，房间里拆了的一块香皂，我用过了，别人都不会用了，丢掉了很可惜。"无锡南长区教研室的张爱琴老师，描述了她参与课标制订时与先生在一起的点点滴滴。张老师说："与先生在一起，你会发现，她的一言一行都自然地彰显着道德的品质与高贵的人性。例如，在旅馆，她十分注意节约用水、用纸、用电；在餐馆，她一直强调按需订餐，不讲排场；在学校，她一定要走到孩子们中间与他们攀谈，了解他们的需要，给予适当的关照。"

我在先生身边这些年，去先生家拿到的材料，一般都是手写的，即便是打印，也一定是双面打印的。她手写的材料，都是写在一张废纸片上，从来不浪费一张纸。先生有次在"211学科建设"会上说："我们用的每一分钱都是国家的税收，你想一想，20万需要多少农民辛苦劳动多长时间啊，我们要对得起每一分钱。"这句话给我印象很深。先生勤俭不是因为缺钱，而是让我们把每一分钱发挥到极致，不浪费。

先生是有社会责任感的学者

治学、做学问是大学老师的职责所在。但有的人做学问为利益，有的人做学问为真理。前者不管写多少文章，发表多少高见，只是披了一件做学问的外衣。先生写的文章虽然并不算多，但提出了改变时代教育理论的原创性观点。先生对当代中国教育学理论，尤其是德育理论有着重大的、特殊的贡献，这是教育学术界的同人——无论是前辈还是后学，都公认的。先生担任全国教育学研究会德育专业委员会（现为全国德育学术委员会）理事长长达 20 年。卸任时，她深情地说："作为一个学术团体，大家没有任何功利的目的，只因为对学术的热爱。"正是用这种无功利的、对学术的热爱，她把全国德育研究者紧密地团结在一起，成为中国德育研究专业团队的思想灵魂、精神领袖。

先生研究道德教育，深知道德教育哲学之难。这不仅因为道德的发展比知识的掌握更具复杂性，也因为德育与政治联系更为密切，受政治影响更大。20 世纪 80 年代，先生承担德育基本理论研究的课题，开始建设德育学科时，就意识到要把德育作为一门学问来研究，既不能把德育研究作为政策的阐释，也不能作为经验的描述；科学研究就是要探索德育的规律，改变德育的主观随意性。当她说这些话的时候，或许有些人不爱听，但我能够非常真切地感受到先生有难能可贵的为真理而研究的知识分子的风骨。2019 年 4 月，全国德育学术委员会 2019 年学术年会在南京召开，先生在书面致辞中指出：当前包括道德教育在内的教育问题已经成为我们全社会共同关注的一个焦点，也几乎被看成一种社会焦虑症的症结所在。面对这种形势，相信每一名教育专业的学术研究者都能感受到一种沉重的社会压力，相信我们一定能不负众望，在学术专业问题上发出新的声音，担当起历史责任。

　　凡了解先生的人都知道她鲜明的个性，从不人云亦云、趋炎附势，更不随波逐流，而是坚持独立判断和选择。先生在71岁承担研制品德与生活、品德与社会课标的任务。促使她下决心承担这个任务的，是一种强烈的社会责任感、使命感。作为一个德育理论研究者，她深深认识到"我国思想品德课的现状，一种被否定的现实，我们这些德育理论研究者是有不可推卸的责任"，"我们都是局中人，而不是局外人。我不能袖手旁观，我们也不能只会批判，没有参与，必须承担起这个责任"。她说，自己一直从事理论研究，想通过做这个事情，挑战一下自己。"我本性还是喜欢做一些对自己有挑战性的事情，老是重复去做以前的事，我会很不耐烦。"当然她也会有种种担忧："反正感觉到自己已经年逾古稀，大不了就了结我的学术生涯，也不后悔。"先生用《浮士德》里的诗句"我们不下地狱谁下地狱"激励自己，大有为理想牺牲的悲壮情怀。当然，最后在先生的主持下，不仅课标研制任务圆满完成，而且还编出了受教育部肯定和广大师生赞誉的《品德与生活》《品德与社会》《道德与法治》教材。

　　在完成这一任务后，先生感叹道："这几年中，几位老朋友都离我而去，我自己的人生也已经接近终点。我想，当我走向彼岸世界的时候，也许我见不到马克思，但是我只想再见到老朋友时能向他们汇报，在我比他们多活的几年中间，我还在为我们共同的梦，振兴中国教育的梦而工作着、努力着。"先生把她的一生都献给了中国的教育事业。

先生是一个有尊严的人

尊严是人格之魂，有尊严，就会有风骨，就会有定力，就会使人活得更为体面、更为优雅。

先生在口述史中谈到她为什么不愿意做"官"。她做了一届系主任，校长再让她做时，她坚决不做了，她说："行政工作和我的个性有很多矛盾的地方。我有自知之明，我缺乏一种圆通，不能做到糊涂处世。我书桌的玻璃板下面就放了一张'难得糊涂'。但糊涂很难，我做不到。有的时候还是太过于较真，会发生各种各样的矛盾和冲突。"先生的眼睛里揉不进沙子，她有一种较真的劲头，这种较真就在于维护和捍卫人的尊严。

尊严也体现在先生的日常生活中。先生是一个热爱生活的人、有生活情调的人。在我的印象中，先生家里总是一尘不染，无论是剑阁路的老房子，还是仙林新居，都是一样的洁净、雅致，其不变的审美趣味有如她清旷、高洁的人格。先生也富有生活情调，几幅书画、几株花草，把家里装扮得素朴而有生机。无论是我们预约，还是突然造访，先生总是穿着朴素而得体。即便是病重期间，先生的衣服都是干干净净，始终保持着洁净。先生说，如果有人问我，人生最大的享受是什么？我会回答："给我一个安静的空间，泡上一杯淡淡的清茶，读上一本好书，让我的思维自由驰骋。"这是一种多么富有情调而高雅的生活。即便是在生命的最后，先生都是在自己朝阳的书房中，阳光照耀在先生的身上……

先生晚年不大希望别人看望她，一是怕麻烦别人，二是不愿别人看到她生病的样子，她要保持生命最后的体面和尊严。在弥留之际，先生给家人留下了这样的字条："当我处于病危之际，请一定不要用生命支持疗法，如切割气管、心肺功能复苏等等进行抢救，让我自然安详地走完人生的道路，有尊严地离开这个世界。我的骨灰抛入江河，让我能从自然中来再回归于大自然之中。"这就是我的导师鲁洁先生，她走完了优雅而精致的一生。

"落红不是无情物，化作春泥更护花。"先生喜欢龚自珍的这句诗。先生走了，但她的思想和人格还滋养着我们。怀念先生，学做先生一样的人！

朱永新感悟：

鲁洁先生是知名教育家，她的作品不多，但是每一部、每一篇都见解独到，严谨深刻，都是精品力作，在道德教育理论研究方面独树一帜。作为她的博士生，冯建军在这篇文章中写出了老师的精神与风骨，用一个个的故事，讲述了鲁洁老师的威严而温暖、勤俭而质朴、尊严而优雅、谦虚而低调、关心别人又不麻烦别人、具有强烈社会责任感等品格。我见过鲁洁老师几次，还差一点被她调到南京师范大学工作，对冯建军的传神之笔心有戚戚。是的，鲁洁老师用一生的道德实践证验了她自己说过的一句话："道德和道德教育学术成就的高度只能是自己生活的高度。"善于学习，包括向自己的学生学习，是优秀教师的共同品质，鲁洁老师也不例外。我印象最深的别人问她最近在做什么时的回答："跟着学生读书。"她说，"这不是调侃，是事实；不是谦虚，是真情"。作为研究德育问题的大家，鲁洁先生堪称知行合一的典范。

参考文献

德玄馨主编:《不倦的人梯》,同心出版社 2010 年版。

德玄馨主编:《窗里的烛光》,同心出版社 2010 年版。

德玄馨主编:《永在的温情》,同心出版社 2010 年版。

柴剑虹:《我的老师启功先生》,中国大百科全书出版社 2022 年版。

《老照片》编辑部编:《我的老师》,山东画报出版社 2018 年版。

孔维阳:《我的老师贾松阳》,中央文献出版社 2014 年版。

汪曾祺:《我的老师沈从文》,大象出版社 2009 年版。

叶嘉莹:《我的老师顾随先生》,河北大学出版社 2017 年版。

王景琳:《燕园师恩录》,凤凰出版社 2021 年版。

吴晓求、杨瑞龙等:《师恩浩荡　风范长存——胡乃武教授追思录》，中国人民大学出版社 2022 年版。

俞宁：《吾爱吾师》，人民文学出版社 2021 年版。

魏巍：《我的老师》，天地出版社 2018 年版。

张胜华主编：《师恩是一条河》，首都师范大学出版社 2008 年版。

梁志刚：《我的老师季羡林》，团结出版社 2017 年版。

叶嘉莹：《我的老师顾随先生》，河北大学出版社 2017 年版。

钱文忠：《季门立雪：我的老师季羡林》，上海书店出版社 2022 年版。

朱永新：《致教师》，长江文艺出版社 2019 年版。

朱永新主编：《从非智力因素到社会与情感能力——燕国材教授的学术人生》，长江文艺出版社 2019 年版。

［瑞典］马悦然著，李之义译：《我的老师高本汉　一位学者的肖像》，吉林出版集团有限责任公司 2009 年版。

［美］塞尔主编，张德玉、杜敏译：《一杯安慰送老师：师恩难忘》，青岛出版社 2007 年版。

［美］海伦·凯勒著，闫文军、黄淑华译：《我的老师　安妮莎莉文》，中国盲文出版社 2013 年版。

［法］尚塔尔·托玛著，江灏、赖亭卉译：《我的老师罗兰·巴特》，上海人民出版社 2021 年版。

玛莎·吉斯著，孙仲旭译：《回忆我的老师雷蒙德·卡佛》，《世界文学》2010 年第 5 期。

后　记

一

　　这本书是"爱的三部曲"中的最后一本。前两本分别是《母爱的学问：名家忆母亲》和《父爱的力量：名家忆父亲》。

　　在收集资料的过程中发现，虽然回忆老师的文章有不少，但是真正具有教育意蕴，能够给现在的教师以启发的文章还是不多。有很多名家回忆老师的文章，写得很感人，如费孝通的《人不知而不愠——缅怀史禄国老师》，萧红的《回忆鲁迅先生》，贾平凹的《先生费秉勋》，汪曾祺的《金岳霖先生》，周作人的《记太炎先生学梵文事》，陈白尘的《我的三位老师》，臧克家的《闻一多先生的说和做》，莫言的《我的老师》，毕淑敏的《我的导师李国文》，齐邦媛的《回忆我的老师钱穆》以及吴冠中的《我的老师林风眠》等，都是最后割爱了。

这本《师爱的智慧——名家忆老师》尽可能收集了关于各个教育阶段、各种教育类型的教师的回忆文章。

在幼儿园和小学的部分，有汪曾祺先生回忆幼儿园老师的《师恩母爱》，有郑振铎、魏巍、王蒙、梁晓声等回忆小学老师的文章。

在中学的部分，分别选用了钱穆、缪钺、梁实秋、冯亦代、韦君宜、苏叔阳、史铁生和李镇西回忆中学老师的文章。其中李镇西自己也是中学老师，他文章中讲述的老师，是本书收录人物唯一在世的。

职业教育的相关内容比较少，我们选用了鲁迅、夏衍、梅兰芳、丰子恺和陆蠡的文章，涵盖了医学教育、工业教育、艺术教育和私塾教育等不同领域。

高等教育的内容相对丰富，本书选用了袁珂、王力、吴组缃、李亦园、汪曾祺、季羡林、余英时、李政道、赵丽宏、潘维、汪晖、冯建军等人怀念恩师的文章，其中冯建军文章记录的鲁洁老师，是一位教育学家。李政道先生关于费米的文章，是根据采访稍加改编的文字。

为了编好这本书，团结出版社和文著协合作，与作品收录本书的作者进行了广泛联系，得到了许多作者及其后人的大力支持。在此，我们表示衷心的感谢。但是，由于一些作者联系方式不详，无法取得联系。敬请各位著作权人与中国文字著作权协会联系，领取作品稿酬。电话：010-65978917，传真：010-65978926，E-mail: wenzhuxie@126.com。

二

　　在整理本书书稿的时候，我的脑海中不断浮现出从小学到大学、研究生期间的许多老师的形象。由于从小生活在乡村的一个小镇上，那个时候还没有幼儿园，小学阶段又适逢"文化大革命"，虽然有许多有趣的故事，但是值得记叙的老师并不多。

　　进入初中以后，最幸运的是遇见了一批燃起我幻想与激情的老师。他们大部分都是外地人，都是"文革"前的师范学院的科班大学生。估计也都是看过前苏联影片《乡村女教师》成长起来的师范生。他们渊博的学识，敬业的精神，和蔼的态度，给我留下了深刻的印象。

　　教我们语文的徐老师，经常在我的习作上写下大段批语，给予我过誉的鼓励。正是她，让我饱览了她家中的藏书，闯入真正的文学世界。

　　初二年级时，一位姓刘的政治老师代语文课，据说他是省里大干部的秘书，学问博大精深。我在作文中用了"集思广益"这个当时并没有真正理解的成语，刘老师却又是画圈，又是打惊叹号，又是在班上读我的作文。

　　这两位老师激发起我对文学的兴趣，想成为一名作家的愿望越来越强烈。现在还保存着那个时候写过的一篇小说《车轮滚滚》。

　　还有一位姓孙的数学老师，他是我们学校的教导主任，能把枯燥乏味的数学课上得出神入化，勾起了我们对数学王国的神往。记得初二上学期结束后，我利用暑假把初二下学期的课本自学了一遍，并做完了全部的习题，差不多捞到了一个"解题大王"的美称。高考时的好几道数学题竟然是我那时绞尽脑汁攻下的难关，如此之巧，我自己也真觉得是神助我也！孙老师是教数学的，但他的粉笔字刚劲有力。我们好几位同学暗中模仿，偷偷练字。

　　当时我们的校长叫张炎，据说是一位功力不俗的书法家。有一次他到我们班上来，我恰巧在抄写一张决心书之类的东西，他夸奖我的毛笔字有点像柳体，并要我天天练，必有大成。

　　印象颇深的课还有物理，教学内容之一是"三机一泵"，讲课的是一位宁波籍的林老师，他那地方口音很浓的授课我只记得一句："电流通过导体，导体就要发热。"我们几个调皮的同学经常模仿，以至于现在还能惟妙惟肖地重现出来。这位林老师讲课很棒，动手能力很强，一部手扶拖拉机拆了又装，装了又拆，简直像摆弄玩具。我也痴迷了一阵。至今我还记得，当我开着手扶拖拉机在马路上驰骋时他的得意劲儿。林老师的夫人教过我语文，是一位具有菩萨心肠的老师，对我无微不至地关怀。高考填志愿的时候，他们夫妇专门跑到我家，苦口婆心地劝说我填报理工科志愿，千万不要报文科。前几年回老家，我还专门去看望了她。

高中时代，对老师的感情开始渐渐变得理智，仅仅对学生喜爱、热情的老师已不能满足我们的成长需要，对老师才能的"评价"，也成为我们的重要"使命"。记得有一位教政治的老师，据说是从省城"贬到"我们这所镇上的学校，但他才华横溢，分析问题鞭辟入里，我们便把他尊为"哲学家"；有一位教物理的老师一口浓重的方言，而且有时还结巴，但他娴熟的业务和认真的教学，使我们仍然对他格外敬重；有一位教语文的老师，虽然在大多数同学眼里有些"清高"甚至"傲慢"，但我们还是为他在课堂上的"讲演"而沉醉。一位很有诗人气质的语文老师，给我分析作品的问题与缺陷，给我讲授写作的艺术与技巧，让不知天高地厚的我真正懂得了自己的肤浅。

我的高中时代里，这些老师大部分来自天南海北，都是科班出身，遗憾的是，许多年后，这些优秀老师差不多全部离开了我们的校园，被"提拔"到县城的教师进修学校当上了培养老师的"先生"。现在想来，高中是我们的世界观、人生观形成的最关键的成长期，这些名师的影响是巨大的。

大学三年级，我有幸作为学校教师转到上海师范大学教育心理学班学习。这是"文革"以后心理学科首次在该校重新开课，学校派出了最强阵容的师资队伍。其中给我影响最大的是恩师燕国材先生。燕先生博学多才，在课堂上他倡导"标新立异，自圆其说"的治学方法，激起了我们的创造冲动；他反对"言必称希腊，言必称西方"的心理学教学与研究，主张系统整理中国古代心理思想的遗产，并身体力行，出版了《先秦心理学思想研究》等一批专著，引发了我研究中国心理学史的激情。

在他的直接指导下，我在国内外发表了一批学术论文，走上了学术研究的道路。记得美国《大脑与认知》(*Brain and Cognition*, Ⅶ，1989) 杂志发表了我的《中国古代学者对于大脑研究的贡献》(*Historical Contributions of Scholars to the Study of the Human Brain*) 一文，把世界上关于大脑功能定位的学说提前了近一百年，为我国心理学界争得了荣誉，引起了国际心理学界的广泛关注，二十多个国家的三十多位学者来函祝贺，并索要论文。

1993 年，我成为全国综合性大学最年轻的教务处长。在此之前，我是苏州大学教育科学部的主任，也是最年轻的系主任之一。上万人的大学，又面临着与苏州医学院和丝绸工学院的合并，教学管理的担子压在肩上，沉甸甸的。

于是，想到了学习。机缘巧合，遇见了同济大学经济与管理学院的教授沈荣芳先生。他曾经担任过同济大学经济管理学院院长，是中国人类工效学会首任理事长和国务院学位委员会管理科学评议组成员，也是在我国工科院校的管理专业最早开设运筹学、数理统计课程的教师。第一次见面，我就提出把《高校教学管理系统》作为我博士学位的主要方向，沈老师给予了充分肯定。他说，博士生不是为了写一篇论文，而应该是为了解决一个问题。真正地学以致用，是他一贯的主张。

在读博士期间，我多次往来于上海苏州之间。因为学校的事务繁多，有时候不能去上海，沈老师就乘火车到苏州"送教上门"。尤其是博士论文的攻坚阶段，我为用数理模型解决系统问题一筹莫展，沈老师就每周一次来到苏州大学，与我面对面讨论研究。他不让我用汽车接，而是给他找了一辆自行车。当我推着自行车和老师在大学校园里边走边谈的时候，我早已忘记他是一位年过花甲的长者。

在他和吴启迪教授的指导下，我顺利完成了博士论文，提前半年被授予了博士学位。一年后，以博士论文为基础的《高等学校教学管理系统研究》一书由江苏教育出版社正式出版。

师恩如山。我的人生中有许多让我刻骨铭心的老师。虽然每一位老师有不同的研究领域，不同的处世风格，但是他们对待学生的热情是相同的，对待人生的态度是一致的。从他们的身上，我们能够呼吸到崇高，感受到慈爱，体验到责任。从他们的身上，我们也学会了怎么去做老师，去影响自己的学生。

三

2023年9月9日，全国优秀教师代表座谈会在北京召开，习近平总书记致信与会教师代表，阐述了新时代教师应该具备的教育家精神，即应该具有心有大我、至诚报国的理想信念；

言为师则、行为世范的道德情操；启智润心、因材施教的育人智慧；勤学笃行、求是创新的躬耕态度；乐教爱生、甘于奉献的仁爱之心和胸怀天下、以文化人的弘道追求。习近平总书记关于教育家精神的论述，是在"四有教师"基础上对教育家型教师的最新凝炼，不仅明确提出了优秀教师的基本要求与条件，强调了新时代教育家精神的内涵与特点，也为教师的培养和专业成长指明了方向。

心有大我、至诚报国的理想信念，是教育家成长的重要根基。理想信念，是源头活水，是教育家成长的不竭动力。总书记指出：正确理想信念是教书育人、播种未来的指路明灯。心有大我，就是要超越个人名利的小我，就是把个人的教育志向与国家的前途、民族的命运、人民的幸福联系在一起。教育的每一天都是新的，只有具有强烈的理想信念、使命感、责任感，才能够不断挑战困难，也才能拥有诗意的教育生活。

言为师则、行为世范的道德情操，是教育家成长的言行规范。道德情操，是境界修为，是教育家成长的行为准则。学生是最伟大的观察家和模仿师，教师的一言一行，都会对学生产生深刻的影响。良好的道德情操，要求教师学会注意自己的言行举止，在课堂、校园内外为学生树立良好的榜样，在处理好工作与生活以及自己与他人、与集体、与国家的关系中，成为一个不断自我提升的人。

启智润心、因材施教的育人智慧，是教育家成长的核心本领。育人智慧，是方法路径，是教育家成长的实践工具。教育不是简单地把知识从教师的脑袋装到学生的脑袋，不是让学生学习冷冰冰的知识，而是启迪智慧，陶冶人格，塑造灵魂。教育不是用统一的标准、统一的教材、统一的方法把本来具有无限可能性的学生培养成千篇一律的"单向度的人"，而是因材施教，让每个学生成为最好的自己。这就要求教师掌握心理学的知识和方法，懂得青少年儿童成长的内在规律。

　　勤学笃行、求是创新的躬耕态度，是教育家成长的修炼之道。躬耕态度，是职业精神，是教育家成长的不二法门。教育家和教书匠的最大区别，就是教育家有一种追求卓越的精神和不断创新的勇气。一方面，教育有基本的逻辑，孩子的成长有基本的规律，任何一个教育家都不可能离开前人的教育智慧与思想财富。所以，教师要勤于学习，善于学习，学会站在大师的肩膀上进行专业阅读，站在自己的肩膀上进行专业反思，站在团队的肩膀上进行专业交往。要乐于阅读学习他人的成功经验，乐于分享自我的成长所获，在不断践行中不断总结提升，让一线经验完善丰富为教育智慧。另一方面，每个孩子都有独特的色彩、旋律和内涵，每个教室都有自己独特的生活与故事，这就需要教师能够不断求是创新，建立自己的风格、自己的体系。

　　乐教爱生、甘于奉献的仁爱之心，是教育家成长的情感力量。仁爱之心，是幸福之本，是教育家成长成就之根。仁者爱人。孔子曾经把"己所不欲，勿施于人"和"己欲立而立人，己欲达而达人"作为仁的主要内容。因爱人，而互爱，教育从而拥有了生命的温度。一颗仁爱之心会保证老师良好的生命状态，会确保专业技能的正常发挥。一个厌恶教育的人，一个不喜欢学生的人，肯定不可能成为教育家。教师的职业幸福感不仅是一种前进的情感力量，能够激发自己创造更多幸福，也是理想信念的重要源泉。

胸怀天下、以文化人的弘道追求，是教育家成长的胸襟情怀。弘道追求，是天下责任，是教育家成长的人文底蕴。苏霍姆林斯基说过，孩子在离开学校的时候，带走的应该不仅是分数，更重要的是要带着他对未来社会的理想的追求。小小的教室，联结的是大大的世界。学校的世界和外面的世界应该是息息相通的，教师的社会责任感，影响着学生的社会责任感；校园的教育方式，教师的民主作风，直接影响到孩子们的生活方式。教师在课堂里面和学生讨论战争与和平、公平与正义、人口与环境等问题，才能唤起孩子们对这些问题的关注。如果教师们整天关心的是名次，是分数，孩子们的心胸怎么能开阔？

教育强则国家强，教师强则教育强。习近平总书记指出："一个人遇到好老师是人生的幸运，一个学校拥有好老师是学校的光荣，一个民族源源不断涌现出一批又一批好老师则是民族的希望。"建设一支高水平的具有教育家精神的教师队伍，是建设教育强国的题中应有之义，也是实现中华民族伟大复兴的中国梦的重要前提。我相信，会有越来越多的教师以习近平总书记关于教育家精神的论述为人生方向与行动指南，在教育实践中不断成长，成为学生生命中的贵人，书写教育生命的传奇！

朱永新

2024 年春节写于北京滴石斋